AJISAÏ

ISBN 978-2-330-20644-4

AKI SHIMAZAKI

Ajisaï

roman

ACTES SUD

I

Le cours terminé, nous sortons de l'amphithéâtre insonorisé. Dans le couloir, on s'étonne de voir par les fenêtres une pluie torrentielle. Les rafales de vent agitent violemment les arbres. Les coups de tonnerre se succèdent. Soudain, un éclair fend le ciel et la foudre tombe tout près dans un fracas assourdissant.

— Oh là là ! Quel orage ! crient les filles en se bouchant les oreilles.

Ma montre indique quatre heures dix. Je n'ai plus cours cet après-midi. Je comptais rentrer tout de suite chez moi, mais il est préférable de rester un peu ici. Je pense à mon amie Saya et commence à composer son numéro de téléphone. Après quatre chiffres, je m'interromps, réalisant qu'elle est encore au travail.

Je me dirige vers la cafétéria au bout du couloir. Dans un coin à l'écart, je remarque plusieurs étudiants rassemblés devant un panneau d'affichage. Je me rapproche par curiosité. Ce sont des offres d'*arubaïto** d'été, ainsi que des annonces de prêts et bourses d'études, qu'on appelle collectivement shôgakukin. Cela ne me concerne pas car mes parents couvrent toutes mes dépenses. Je m'éloigne en bâillant.

J'entre dans la cafétéria et m'achète un café. En cherchant une chaise, j'aperçois mon ami Ben assis à une table devant la fenêtre. Il lit le journal étudiant. Je ne l'ai pas vu depuis deux mois. Nous sommes tous deux en quatrième année mais pas dans la même faculté : lui en économie, moi en littérature. Levant la tête, il me reconnaît aussitôt et m'invite d'un signe de la main. Je le salue et m'installe en face de lui. Il s'exclame en refermant le journal :

— Quel temps affreux ! Ma copine a annulé notre rendez-vous.

Lui et moi sommes amis depuis le début de l'université. Son prénom est Tsutomu mais on l'appelle Ben, car son *kanji* 勉 se prononce "ben" en *on'yomi*.

— Quoi de neuf ? demandé-je.

— J'ai un entretien d'embauche demain avec un médecin nommé Oda. Il est propriétaire d'une clinique dans le quartier Azabu. Regarde.

Il me tend son portable où apparaît la photo d'un bâtiment imposant. Comme il travaille à temps partiel dans un restaurant, je le taquine :

* Les mots en italique sont regroupés dans un glossaire en fin d'ouvrage.

— Que devras-tu faire ? Cuisiner pour les infirmières ?

— J'aimerais bien, rit-il. Il s'agit plutôt d'être tuteur pour son fils en dernière année de primaire.

— Pendant les vacances ?

— Eh oui. Monsieur Oda et sa femme souhaitent que leur enfant soit admis au collège J. C'est une institution d'élite. Si je parviens à l'aider, mon tutorat sera reconduit à l'automne.

Ben déplie un morceau de papier et me lit les détails. Je l'écoute, curieux. "Chaque semaine, deux séances de deux heures, dont la moitié pour l'initier à de nouveaux défis intellectuels ou physiques." Le tarif horaire m'étonne : cinquante pour cent de plus que la moyenne. Je calcule dans ma tête le salaire hebdomadaire.

— Tu vas gagner beaucoup, Ben !

— Cette offre ne passe pas par une agence, ajoute-t-il. Un grand avantage pour le tuteur. J'espère que le médecin m'acceptera.

— Tu es joyeux et sportif. Tu n'auras pas de problème.

— Merci, Shôta. Mais, avec un tarif aussi élevé, il doit y avoir de nombreux candidats. Il vaut mieux ne pas trop espérer.

Ben loue une chambre chez un couple d'âge mûr. Ses parents assument seulement les droits de scolarité et il doit payer le reste. L'année dernière, lorsqu'il cherchait un *arubaïto* d'été, je lui ai proposé de travailler dans le grand magasin de mon père à Ôtsu. Il a décliné car c'était trop loin de Tokyo. Néanmoins, il me témoigne toujours sa gratitude. Il souhaite devenir *shôsha-man* et entrer dans la compagnie de commerce T. Il sait que je compte faire une maîtrise en littérature.

Nous bavardons sur nos cours préférés. Au bout d'un moment, Ben m'interroge :

— As-tu déjà commencé à rédiger ton mémoire de licence* ?

— Oui, j'ai esquissé le thème pendant le *golden-week* et ai recueilli les documents nécessaires. On nous demande trente mille caractères environ. Cela me prendra un mois.

— Si peu de temps ? s'étonne Ben. Ce ne serait pas possible pour moi.

Je l'encourage :

— Si l'on a une idée concrète, ça va tout seul. On a encore six mois jusqu'à la date limite. Pas de souci, mon camarade !

— Merci pour ton conseil, répond-il d'un ton aussi ironique qu'amical.

À ce moment-là, son portable vibre. Il le consulte en s'excusant.

Je regarde par la fenêtre. L'orage s'est calmé et la pluie tombe légèrement. Les étudiants quittent la cafétéria. Je dois marcher quelques minutes jusqu'à la gare, d'où je prends le train direct pour Kamakura. J'ai faim. Je pense à ce que je vais manger ce soir. Ben raccroche :

* Le cycle de licence dure, au Japon, quatre ans.

— C'était ma copine. Elle a changé d'avis et m'invite à dîner.

Son visage s'illumine. Je me lève de ma chaise :

— Bonne chance pour ton entretien avec le médecin.

— Toi aussi, Shôta, pour ton prochain roman. J'ai hâte de le lire.

J'ai grandi à Ôtsu, la capitale de la préfecture de Shiga. Après le lycée, je suis entré* dans une université d'État à Tokyo. Ça fait plus de deux ans que j'habite à Kamakura.

Au début, je vivais à Tokyo. Ma nouvelle vie dans la métropole me fascinait et me stimulait, surtout les activités culturelles. Sur mon temps libre, je sortais régulièrement voir des pièces de théâtre ou des films. J'assistais souvent à de grands concerts de musique en plein air avec Ben et Saya. Mes études se déroulaient bien et je n'avais à me plaindre de rien.

Malgré tout, je sentais peu à peu que quelque chose me manquait. C'était à cause du quartier trop moderne où j'habitais. J'ai été élevé dans un endroit parsemé de vieux temples bouddhistes, entourés de nombreux grands arbres. J'avais envie de vivre dans un environnement semblable et j'ai finalement décidé d'emménager à Kamakura, une

* La rentrée scolaire, au Japon, a lieu au mois d'avril.

ville ancienne et très verte. De plus, la vie coûte moins cher qu'à Tokyo. Et le tarif étudiant pour les transports en commun n'est pas très élevé. Mes parents ont été d'accord et j'ai quitté Tokyo à la fin de ma première année.

En fait, c'est Saya qui m'a recommandé mon appartement actuel. Elle vit à Yokohama mais elle vient souvent à Kamakura, où sa sœur habite avec son mari et leur fille. Ces derniers connaissaient bien le propriétaire. Lorsqu'il a cherché un nouveau locataire fiable, Saya m'a présenté. Il m'a aussitôt accepté car mes parents s'engageaient à payer mon loyer. Il a posé deux conditions fermes : tranquillité et propreté.

Mon nouvel appartement me plaît toujours. L'immeuble est vieux mais solide et bien entretenu. Le hic, c'est l'humidité excessive de cette région. Il faut vraiment faire attention à la moisissure. Sinon, c'est très confortable. Les locataires respectent les conditions et je m'entends bien avec mes voisins. À quelques minutes à pied se trouvent un supermarché, de petits restaurants et bistrots familiaux, une agence de ma banque, une pharmacie, et même un poste de police.

J'adore la vue de ma fenêtre : des temples bouddhistes et une abondance de frondaisons, surtout des cerisiers sauvages qui fleurissent en avril. On voit au loin l'île d'Enoshima dans la baie de Sagami. Je me promène les week-ends sur la plage de Shichirigahama qui borde cette baie magnifique. Là, j'adore contempler le coucher de soleil et le mont Fuji. Cet endroit m'évoque le lac Biwa près de ma ville natale.

En train, il faut une heure environ entre Kamakura et Tokyo. Le trajet ne me dérange pas du tout. Je peux me concentrer sur ma lecture et mes devoirs, ou bien me détendre en écoutant de la musique sur mon portable.

Je compte vivre ici au moins jusqu'à la fin de mes études. Si j'étais dans la situation de Ben, ce ne serait pas possible de louer un logement si confortable dans un quartier aussi agréable. Je le dois à mes parents.

Quant au grand magasin de ma famille, mon frère et ma sœur aînés succéderont à nos parents. Il est comptable, et elle avocate. Chacun a son propre bureau et ils aident nos parents au besoin. La gestion ne m'intéresse pas et je n'ai aucune intention de m'en mêler à l'avenir.

Tout semble bien pour moi. Néanmoins, une chose me dérange : mon père souhaite que je devienne professeur à l'université, et ma mère, écrivain célèbre. Je n'étudie pas pour répondre à leurs attentes.

La littérature et la lecture me passionnent. Je suis également des cours supplémentaires, tels que la mythologie grecque, la sociologie japonaise, la littérature chinoise classique. Je collabore régulièrement au journal étudiant de notre université, j'écris tantôt de courts essais tantôt des critiques de livres. L'hiver dernier, j'y ai présenté un feuilleton qui a eu un certain succès parmi les étudiants.

Je rêve de devenir romancier mais doute de pouvoir vivre seulement de ma plume.

Il est hors de question de devenir professeur de littérature à l'université. D'abord, il y a trop d'étudiants en lettres alors que les postes académiques sont limités. La plupart abandonnent leurs études à la fin du troisième cycle, donc sans doctorat. Il arrive que certains en obtiennent un à l'étranger, mais cela ne signifie pas qu'on trouve un poste permanent au Japon. C'est compliqué. Je pense quand même qu'un doctorat n'a de sens qu'en sciences dures. Comment pourrait-on évaluer objectivement une thèse en littérature ?

Il faut être réaliste. Mon but, c'est de terminer ma maîtrise et de poursuivre mes activités littéraires en travaillant comme chargé de cours ici et là. J'envisage d'en parler à mes parents cet été, surtout à mon père. J'espère qu'ils me comprendront et continueront de subvenir à mes besoins pour les deux ans et neuf mois qu'il me reste.

/

La saison des pluies débute dans une semaine. Je réinstalle le déshumidificateur et le ventilateur.

C'est dimanche après-midi. Je visite le Meigetsu-in, surnommé le temple Ajisaï en raison de son jardin aux milliers d'hortensias. Les touristes affluent malgré un temps morose. Je flâne parmi les fleurs bleues en réfléchissant au roman que je viens de commencer.

Il s'agit de l'histoire d'une veuve dans la quarantaine qui enseigne le *koto* à des femmes. Un jour, un jeune homme se présente et lui demande de l'accepter comme disciple. Je n'ai pas encore décidé du titre. J'envisage deux cents pages environ. Si j'y parviens, je l'enverrai à une des revues littéraires qui organisent régulièrement des concours pour amateurs. Ce sera ma première tentative. En général, le nombre de pages est de cent à quatre cents, et le montant des prix, de trois cent mille à un million de yens. Si j'en gagne un, j'utiliserai l'argent pour voyager à l'étranger, peut-être en Grèce.

Il est presque cinq heures. J'ai très faim, n'ayant rien mangé depuis midi. Je descends l'escalier du temple en me demandant quoi préparer pour le dîner. Il n'y a presque rien dans mon réfrigérateur. Il faut que je fasse des courses avant de rentrer. Mon portable sonne. Le nom de Saya apparaît. Cela fait un mois que nous ne nous sommes pas parlé. Elle me lance d'emblée :

— Je viens de passer chez ma sœur. Es-tu libre maintenant ?

Sa façon un peu brusque m'étonne. Ça ne lui ressemble pas. Je lui explique que je suis en train de quitter Meigetsu-in et que je vais passer au supermarché. Elle reprend aussitôt :

— Pique-niquons, alors ! Avec ma sœur, j'ai préparé des sushis pour le déjeuner. Elle m'a donné le reste et j'ai pensé à toi.

— C'est gentil, Saya. Je meurs de faim. Où puis-je te rejoindre ?

Elle indique le parc K., situé à cinq minutes à pied d'ici. En raccrochant, je me rends compte que ce sera notre première rencontre en tête à tête.

Saya a le même âge que moi. Elle a terminé un *tandaï* pour filles à Tokyo. Depuis, elle travaille pour une entreprise de textile à Yokohama. J'ai fait sa connaissance à mon entrée à l'université. Nous participions à un club de *tanka* organisé dans un centre culturel. À Kamakura, je l'ai invitée dans mon appartement quelques fois avec Ben et sa petite amie. Saya a un copain qui prépare une thèse de doctorat en littérature et elle-même adore lire des romans.

Nous arrivons au parc K. presque en même temps. Ici aussi, je vois une abondance d'hortensias, dont les couleurs apparaissent plus variées qu'au temple. Saya porte la nourriture dans un panier en bambou. Nous nous installons à une table de pique-nique. Elle étale une nappe et y dépose une bouteille de thé et un joli *jûbako* à trois étages. Il y a des *maki-zushi* et *inari-zushi*, un sauté de porc au gingembre, des saucisses, de la salade, des fruits. Réjoui, je m'exclame :

— Quel festin, merci ! Tu me gâtes !

Elle me tend un gobelet et une assiette en carton, des baguettes et même un *oshibori.*

— Bon appétit, Shôta !

Je la remercie à nouveau et attaque tout de suite les mets l'un après l'autre. Je répète : "C'est délicieux !" Elle m'avoue avec un air espiègle :

— Ma sœur a préparé les assaisonnements. Moi, j'ai seulement coupé des ingrédients en petits morceaux.

— La cuisine n'est pas mon truc, dis-je. Quand je suis occupé, je me contente d'acheter des plats cuisinés au supermarché ou à emporter dans un petit restaurant familial.

Elle sourit. Je remarque qu'elle ne touche qu'aux fruits.

— Saya, tu ne manges pas ?

— J'ai déjeuné tard avec ma sœur et sa famille. Je n'ai pas très faim. Mais toi, sers-toi autant que tu veux. C'est mieux de tout terminer aujourd'hui.

J'accepte volontiers. En buvant son thé, Saya parle de sa nièce de trois ans qu'elle a gardée ce matin. Elle semble beaucoup aimer les enfants. À un moment donné, elle me demande si je compte écrire un roman. Je réponds que oui, sur un jeune homme qui veut apprendre le *koto.* Je fais aussi allusion à un concours de la revue *S.* auquel je compte participer. Elle m'écoute, l'air distrait. Son regard affiche une sorte de tristesse. Elle a les yeux un peu cernés.

— Saya, tu vas bien ?

— Je me sens fatiguée, je n'ai pas bien dormi hier soir.

— Ah bon…

Je n'insiste pas. Elle sourit faiblement. Pourtant, ses yeux commencent à s'embuer. Elle va pleurer ? Cela me gêne. Elle lève la tête vers le ciel couvert de nuages sombres. Je bois mon thé en silence. Enfin, elle ouvre la bouche :

— Hier, j'ai appris une mauvaise nouvelle.

— Sur ta famille ?

— Non, sur mon copain H.

Une larme coule sur sa joue. Elle me parle souvent de lui : un jeune homme un peu orgueilleux, très pris par sa thèse de doctorat. Je ne l'ai rencontré qu'une fois. Bien que je sois dans le même domaine que lui, je n'ai pas ressenti l'envie de discuter avec lui. Il a peut-être pensé la même chose de moi.

— Qu'est-ce qui lui est arrivé ?

— D'après ses parents, il a soudain disparu.

— Disparu ? Mon Dieu, c'est grave. Ont-ils contacté la police ?

— Ce n'est pas la peine, répond-elle.

— Comment ça ?

— H. leur avait laissé une lettre demandant de ne pas le chercher. Comme il ne s'agit pas d'un mineur, la police ne peut pas rechercher quelqu'un qui veut rester tranquille. Il n'y a qu'à attendre qu'il réapparaisse de lui-même.

— H. ne t'avait pas prévenue ?

— Non. Cela me rend d'autant plus triste.

— Je comprends…

Elle essuie ses larmes :

— Excuse-moi, Shôta. Je n'avais pas l'intention de te raconter ça. Je n'ai rien mentionné à personne, même pas à ma sœur.

Elle se lève et commence à débarrasser la table. Je ramasse dans un sac en plastique les assiettes et gobelets en carton. Après, je lui propose :

— Je peux t'écouter, si ça t'aide à te calmer. Nous sommes amis.

— Merci, Shôta…

Elle réfléchit quelques secondes puis se rassoit sur le banc. Elle murmure :

— Je me sens coupable…

— Pourquoi ?

— Je l'ai vexé à propos de ses études.

— Comment ça ?

— Je lui ai répété ton opinion sur le doctorat en lettres.

Malgré moi, je détourne les yeux. Je vois une plate-bande avec des hortensias en pleine floraison. Mon regard se fixe sur une boule de trois couleurs pastel : rose, bleu, violet. L'image d'une belle dame sensuelle me traverse l'esprit. Je me dis : "Madame Ajisaï."

La nuit tombe. Nous quittons le parc K. et j'accompagne Saya jusqu'à l'arrêt de bus le plus proche. Puis je retourne à pied directement dans mon quartier. Je passe d'abord dans mon supermarché habituel. J'arrive à mon appartement vers sept heures et demie.

Après avoir pris une douche rapide, je m'installe dans mon fauteuil avec une revue littéraire. Je lis un article rédigé par un linguiste japonais qu'un camarade a présenté en classe l'autre jour. Ensuite, je reprends mon roman que je viens d'intituler *Madame Ajisaï*. Je suis en train de décrire la vie quotidienne de la professeure de *koto* avec ses élèves, ainsi que sa préparation d'un concert en solo. Je n'ai pas encore développé une image claire du jeune homme devenu son disciple.

J'entends un léger bruit de pluie et tends l'oreille quelques instants. Je revois Saya les larmes aux yeux. Je réfléchis à l'histoire de son copain qui a soudainement disparu. Elle culpabilisait. Ses mots l'avaient blessé et découragé de poursuivre ses études. Je la plaignais. Heureusement, elle semblait apaisée à la fin de notre conversation.

J'ai dit à Saya :

— À mon avis, c'est plus complexe que ça. H. avait peut-être des difficultés avec sa thèse, la crainte d'un avenir précaire, des conflits avec ses parents, ou bien des soucis financiers.

— Tu as raison, Shôta. Il essaye de répondre à l'attente de ses parents : devenir professeur d'université. Comme il n'a pas réussi à obtenir de bourses, il demande chaque année un prêt étudiant. L'accumulation de ses dettes doit lui peser lourdement. Mais la chose la plus grave pour lui, ce n'est pas ça.

— Qu'est-ce que c'est, alors ? ai-je demandé.

— Il a échoué à sa soutenance de thèse.

— Mon Dieu… ça a dû être dur pour lui.

— Absolument. Et c'est à ce moment-là que je lui ai répété tes paroles : « Un doctorat n'a de sens qu'en sciences dures. Comment pourrait-on évaluer objectivement une thèse en littérature ? » Ce n'était pas pour l'offenser, bien sûr. Au contraire, je voulais le consoler en ajoutant : "Les professeurs n'ont pas évalué correctement ta thèse. Change de faculté." J'ai été stupide.

"Pauvre de lui…", ai-je murmuré. Puis j'ai commenté :

— De toute façon, tu n'y es pour rien. Il voulait probablement prendre le temps de réfléchir à son avenir.

Avant de monter dans le bus, Saya m'a remercié à nouveau :

— Merci, Shôta. Je me sens mieux maintenant. Je vais me coucher tôt ce soir.

Son ton affectueux m'a beaucoup touché.

Cela fait plus de trois ans que je connais Saya. C'est une personne très agréable. Elle m'a aidé dans ma recherche d'un nouvel appartement ici, mais ne fait jamais valoir ses services. Elle respecte mon style de vie, isolée de mes camarades, et ne m'a jamais dérangé en s'invitant chez moi, par exemple. Aujourd'hui, j'ai été attendri par sa façon discrète de contenir ses larmes. J'ai même eu envie de la prendre dans mes bras. Il ne s'agissait pas de désir, mais d'affection.

Je n'ai pas de copine depuis mon emménagement à Kamakura. À Tokyo, je fréquentais une étudiante de mon âge. Comme elle habitait chez ses parents, je l'invitais dans mon appartement et me contentais de passer du temps tranquille avec elle. Mais, étant très sociable et active, elle s'ennuyait chez moi et m'encourageait à sortir avec ses camarades. Cela ne me tentait pas du tout. Nous avons rompu au bout de quatre mois.

Le bruit de la pluie s'intensifie. Il est onze heures passées. J'ai des cours demain toute la journée. Je me glisse enfin sous mes draps.

Les yeux fermés, je réfléchis encore à *Madame Ajisaï*. J'ai besoin de plus de renseignements sur l'univers des musiciennes de *koto*. Cet instrument traditionnel japonais est associé en général à des femmes en kimono. Mais on dit qu'il y a de plus en plus de joueurs masculins. Pourquoi pas ? Le *koto* antique était joué par des hommes nobles. J'envisage l'histoire d'un jeune apprenti éperdument amoureux de sa professeure.

Je n'ai pas encore rencontré de fille qui me rende fou. Je me demande : "Alors, comment me sera-t-il possible de décrire les sentiments de cet homme ?"

La pluie qui avait commencé hier soir a cessé tôt ce matin. Il fait humide mais pas trop chaud.

Je suis à la fac. Je viens de terminer le premier cours sur la littérature japonaise contemporaine. Je dispose de vingt minutes avant le suivant et sors du bâtiment prendre l'air frais. Plusieurs filles flânent autour des plates-bandes qu'embaument les fleurs de gardénia. Alors que je bavarde avec une camarade, j'entends :

— Shôta !

Ben s'approche de moi. Je m'étonne de le trouver sur le terrain de la faculté de lettres. Une semaine s'est écoulée depuis notre rencontre dans la cafétéria. Il me salue joyeusement :

— J'ai visité le bureau de la coop.

— Y a-t-il quelque chose de spécial ?

— Non, je voulais simplement les informer que j'ai obtenu un des *arubaïto* d'été annoncés sur le panneau d'affichage.

— Tu parles du tutorat du fils du médecin, n'est-ce pas ?

— Exactement. Hier, j'ai reçu un appel de monsieur Oda.

— Je m'en doutais ! Quand commences-tu ?

— À partir de la semaine prochaine. Comme le tarif horaire est exceptionnellement élevé, je n'aurai pas besoin de trouver un autre travail.

— Et celui au restaurant ?

— Ça, oui, je le conserve.

Par curiosité, je lui pose des questions :

— De quoi a l'air cet écolier ?

— Sage et bien éduqué, répond Ben. Ce ne sera pas compliqué avec lui et nous nous entendrons bien.

— Et son père ?

— Monsieur Oda ? C'est un bel homme et un gentleman. Il doit avoir beaucoup de succès auprès des femmes, surtout les infirmières.

— Et la mère du garçon ?

— Madame Oda ne me semble pas du genre *kyôiku-mama*, comme je l'avais imaginée. Je la trouve très souple concernant l'éducation de son fils. Elle est très belle.

— Que fait-elle ?

— Femme au foyer. Néanmoins, ils ont une gouvernante qui vient tous les jours chez eux. Ça, je ne le comprends pas.

Je ne réagis pas. Chez mes parents, je suis habitué à la présence des domestiques. Dans ma petite enfance, je croyais que c'était comme ça chez tout le monde. En réalité, ma mère n'a pas de temps pour le ménage, étant très occupée par les affaires du grand magasin. Ben poursuit :

— J'ai appris que madame Oda avait auparavant enseigné le piano à l'école de musique Y. à Yokohama. Cette institution est très réputée. J'ai vu dans leur salon un très beau piano à queue noir. Sais-tu jouer du piano, Shôta ?

— Oui. Quand j'avais quatre ans, mes parents ont engagé une professeure. Ils croyaient que j'avais un talent naturel, à la différence de mes frère et sœur aînés. La professeure était exigeante et je me suis rapidement amélioré. J'ai même gagné quelques médailles à des concours.

— Tu m'impressionnes ! Combien d'années as-tu pratiqué ?

— Huit ans environ, jusqu'à la fin du primaire. Ça fait dix ans que je ne touche plus à cet instrument.

— C'est dommage, Shôta. Enfant, je voulais apprendre le piano mais n'osais pas le demander à mes parents qui n'en avaient pas les moyens. Tu avais de la chance.

— Je ne sais pas… murmuré-je. La pratique me pesait de plus en plus. Je voulais arrêter avant d'entrer au collège, mais n'avais pas le courage de le dire à mes parents. Et, un jour, je ne me suis pas présenté à ma leçon. Bien sûr, ils m'ont grondé sévèrement, mais ont finalement accepté mon refus.

Ben m'écoute sérieusement :

— J'espère que cela n'arrivera pas au fils du médecin.

Je l'encourage :

— Amuse-toi bien avec ton élève !

Il me demande si Saya va bien. Je lui mentionne ma rencontre avec elle, hier. Ben me dit qu'après nos examens, sa copine et lui organiseront un pique-nique avec nos amis communs. Il espère que Saya et moi en serons. J'aimerais bien, mais ce ne sera pas possible. Je dois aller à Ôtsu pour aider ma famille au magasin. Alors que nous bavardons, j'entends quelqu'un m'appeler :

— Shôta-*kun* !

C'est monsieur M., professeur de littérature japonaise contemporaine. Il me demande :

— Peux-tu venir dans mon bureau après tes cours ? Il y a une chose dont j'aimerais discuter avec toi.

Je réponds aussitôt :

— Oui, monsieur. Je viendrai sans faute.

Nous convenons de l'heure du rendez-vous. Lorsqu'il s'éloigne de nous, Ben me tape sur l'épaule :

— À ton tour de recevoir une bonne nouvelle. Tiens-moi au courant !

Les nuages s'étant dissipés, le soleil apparaît derrière la tour de Tokyo. Je prends le train de cinq heures pour revenir à Kamakura.

Assis côté fenêtre, j'ouvre un livre de poche que je viens d'acheter dans un kiosque. C'est un roman autobiographique, intitulé *Un défi inévitable*, pour lequel l'auteur a reçu un prix de la revue *S.* il y a cinq ans. Sur le rabat de la couverture se trouve une photo de lui avec un sourire un peu gêné. L'ouvrage a été tout de suite publié sous forme de livre et les ventes ont dépassé le million d'exemplaires en quelques mois. Il n'avait que vingt-trois ans.

Son cas est particulier : il avait quitté le lycée avant la fin et écrivait des romans tout en travaillant comme *freeter*. Je me souviens d'une critique très positive : "Une histoire émouvante et d'une construction inhabituelle mais très solide." Son style unique m'intrigue. Je proposerai ma propre analyse dans un prochain numéro du journal étudiant.

Les paysages défilent. Malgré moi, j'ai un sourire aux lèvres. Ben avait raison. Le professeur M. m'a en effet donné une bonne nouvelle. En sortant de son bureau, j'ai appelé Ben. Il s'est écrié : "Je m'en doutais ! Continue tes études, tu le mérites." Je lui ai répondu : "C'est entre nous, car je n'ai pas encore accepté sa proposition." Il a ri : "Qui refuserait !"

Monsieur M. est "jun-kyôju – professeur agrégé", juste en dessous de "kyôju – le poste le plus élevé parmi les professeurs". Les étudiants adorent son esprit ouvert et généreux. Tout à l'heure, il a commenté mon article paru dans le dernier numéro du journal étudiant.

— Ton analyse m'a impressionné, Shôta-*kun*. J'ai aimé ton style concis et clair, ainsi que ton point de vue unique.

Cela m'a flatté. Monsieur M. a renchéri :

— Le professeur N. m'a rejoint sur ce point.

N. est kyôju. Je me suis exclamé :

— Il lit aussi notre journal !

— C'est moi qui lui ai montré ton article.

Cela m'a enchanté encore plus. Ensuite, monsieur M. m'a posé des questions sur mes projets académiques.

— As-tu l'intention de faire une maîtrise ?

— Oui, c'est ce que je souhaite depuis le début.

— Et un doctorat ?

— Ça, je ne l'envisage pas.

— Pourquoi ?

Je lui ai expliqué ce que je pensais : la difficulté d'obtenir un doctorat dans ce domaine, et même en cas de réussite, le peu de chance de décrocher un poste à l'université, etc. Il m'a interrogé :

— Es-tu boursier ou… bénéficies-tu d'un prêt étudiant ?

— Non, monsieur. Je n'ai pas de problèmes financiers grâce à mes parents.

— Que feras-tu alors après la maîtrise ?

— J'enseignerai au lycée ou ailleurs…

Il m'a fixé quelques instants, puis a repris :

— Je te suggère de reconsidérer un doctorat. Tu pourrais l'obtenir ici puis te voir proposer le poste de "jokyô – professeur adjoint", comme ça a été le cas pour moi. J'en ai déjà parlé à monsieur N., qui est au courant de tes excellents résultats aux derniers examens.

Cela m'a étonné. Il m'a lancé un grand sourire :

— Penses-y bien, Shôta-*kun* !

Le train dépasse Yokohama où Saya habite et travaille.

Un instant, je pense la contacter mais renonce aussitôt, en songeant à H., son malheureux copain. Même s'il réussissait son doctorat ailleurs, la possibilité d'un poste à l'université resterait toujours mince. D'après Saya, il ne supporterait pas de travailler dans une institution privée, tel un *juku* ou une maison d'édition, ou même un lycée.

Je songe à mon père. Cette proposition du professeur M. l'enchantera et il insistera pour que j'accepte en ajoutant : "Ne t'inquiète pas pour tes besoins financiers. J'assumerai tout."

Le train approche de Kamakura. Je regarde à nouveau la photo du jeune auteur d'*Un défi inévitable.* Une parole de Schopenhauer me traverse l'esprit : "Avoir gloire et jeunesse à la fois, c'est trop pour un mortel."

J'arrive à mon appartement. À ce moment-là, mon portable sonne. Je m'étonne de voir apparaître le nom de mon frère aîné. C'est très rare qu'il me contacte. Intrigué, je réponds. Il lance sèchement :

— Shôta, tu dois venir chez nos parents ce samedi soir.

Cet ordre me surprend encore. Je suis supposé aller là-bas bientôt. D'ailleurs, je ne participe pas en général à leurs réunions d'affaires. Personne n'insiste pour que je sois là et ma sœur avocate me fournit chaque fois un résumé.

— Dois-je vraiment être là ? demandé-je.

— Oui, papa a quelque chose de très important à annoncer. Ça te regarde aussi.

— À propos de quoi ?

— De l'avenir du grand magasin.

— Est-ce urgent ?

— Oui. Sois là sans faute. Entendu ?

— Oui…

Il me précise l'heure puis raccroche brusquement.

Je suis habitué à sa manière de me parler. Mon frère ne me pose pas de question sur mes études ni sur ma vie à Kamakura. Au contraire, il se moque de ma spécialisation en littérature. Il me répète : "Papa rêve que tu deviennes professeur d'université, mais tu pourras devenir prof de collège ou de lycée au mieux." Il a sans doute raison et c'est ce que je pensais aussi. Pourtant, je commence à prendre au sérieux la proposition du professeur M. J'en parlerai à mes parents ce samedi. J'ai hâte de voir la réaction de mon frère.

Ce dernier a trente-cinq ans, treize ans de plus que moi. Marié, il a deux enfants, un garçon et une fille. À cause de notre grand écart d'âge, il me traite comme si j'étais son fils. Par exemple, quand j'étais au lycée, il se chargeait d'aller aux réunions parents-professeurs. Et lorsque j'ai déclaré mon choix de faculté, il s'est fortement opposé et a insisté pour que je choisisse les sciences ou l'économie. Il a hurlé : "Sois sérieux ! La littérature est un divertissement !"

Ma sœur aînée, qui a huit ans de plus que moi, est célibataire. Je m'entends bien avec elle et nous échangeons régulièrement. Elle a visité Kamakura trois fois et je l'ai amenée dans mes endroits préférés, comme l'île d'Enoshima. Elle me taquine : "Tu es le bébé de la famille, sans responsabilité. Profite bien de ta vie d'étudiant !"

Je réfléchis aux paroles de mon frère au téléphone. "L'avenir du grand magasin." Je me demande ce que cela signifie. Une question de transmission ? Vu que mes parents ont déjà la soixantaine, ils préparent probablement leur retraite. Je n'ai aucune ambition de ce côté-là et suis donc prêt à renoncer à mon héritage. Cela contentera mon frère.

Nous sommes jeudi. Il pleut. Je n'ai pas de cours ce matin à cause de l'absence du professeur, blessé hier dans un accident de voiture. Je prends mon petit-déjeuner lentement.

Après, je m'installe à mon bureau et continue la rédaction de ma thèse, intitulée "La limite des romans autobiographiques". Mon superviseur a déjà approuvé le plan que je lui ai soumis il y a un mois. Il m'a encouragé : "J'ai confiance en toi. Je présenterai ton texte comme modèle." De même que monsieur M., qui me conseille fortement d'envisager un doctorat, il lit régulièrement mes articles et critiques littéraires dans le journal étudiant. Mon avenir académique semblant plus prometteur, je m'efforce de travailler davantage.

À nouveau, je songe à H., le copain de Saya. Est-il réapparu ? Sinon, où se cache-t-il ? Je peux imaginer sa déception de voir sa thèse échouer. Si j'étais à sa place, comment réagirais-je ? La réécrire ou bien abandonner et chercher un emploi ? Son histoire me rappelle un incident malheureux que mon frère m'avait raconté lorsque j'étais au lycée.

Un doctorant s'était suicidé peu après avoir essuyé un second refus pour sa thèse. Ses parents ont poursuivi son superviseur qui avait négligé de lui donner des conseils. L'université a établi une commission d'enquête et a admis que la thèse en question était d'un niveau suffisant. Le professeur accusé a quitté l'université avant d'être destitué. D'après certains témoins, l'étudiant et lui n'avaient pas de bonnes relations.

Je me souviens de la réaction de mon frère. Il hurlait : "C'est un monde fermé ! Le pouvoir du kyôju est absolu et il est responsable de cette tragédie ! Ça n'a aucun sens d'être ainsi traité après des années de dur labeur. En plus, ces étudiants doivent continuer de payer des droits de scolarité aussi élevés que dans les écoles privées." Je trouvais sa colère exagérée. Bien que cela n'ait rien à voir avec le cas de H., je comprends maintenant pourquoi cet incident avait rendu mon frère si furieux.

Je consulte mon portable. Je remarque un long texto de Saya.

Bonjour Shôta,

J'ai reçu deux billets gratuits pour un concert de koto. *Je pense à toi car tu me parlais l'autre jour de ton roman pour lequel tu aurais besoin de renseignements sur la pratique de cet instrument. Le concert a lieu le premier samedi de juillet, à*

15 heures à Kamakura, au centre culturel K. Il y aura un temps d'échanges et de questions. Dis-moi si ça t'intéresse.

Saya

Un concert de *koto* ? Je m'étonne que Saya se souvienne de ça. Lorsque je l'évoquais, elle était très troublée par la disparition de son copain. Oui, j'aimerais certainement y aller. La date et le lieu tombent bien d'ailleurs. Je lui réponds que je la rejoindrai là-bas avec grand plaisir.

Il pleut toujours. C'est l'heure de quitter mon appartement. Je glisse dans mon sac à dos un texte prescrit pour le lire dans le train.

C'est le dernier samedi de juin. Cet après-midi, je vais à Ôtsu pour notre réunion de famille. Les frais de transport ont été versés sur mon compte hier. Il faut plus de trois heures en *shinkansen* et train régional. J'en profiterai pour préparer mes examens. Demain, je reviendrai à Kamakura dans la matinée, si possible.

J'arrive chez mes parents vers sept heures, peu avant le dîner.

Ma mère, vêtue d'un tablier, m'ouvre la porte. Je suis un peu étonné, car normalement, notre femme de ménage m'accueille à l'entrée. Je hume une odeur appétissante. Maman me dit :

— J'ai préparé un sauté de porc au gingembre, ton plat préféré.

— Merci, j'ai très faim.

Elle m'explique que la femme de ménage passe le week-end chez son fils, à la campagne. J'entre dans le salon, où mon père lit le journal. Je le salue joyeusement. Il me répond sans sourire :

— Ah, Shôta. Je suis content de te voir.

Il continue à lire. J'ai le pressentiment que cela ne sera pas une réunion égayante ce soir. Démoralisé, je m'abstiens de lui parler de ma future carrière à l'université. Ma mère nous convie à dîner tout de suite. Nous mangeons tous les trois, en silence.

Vers huit heures, ma sœur se joint à nous, puis mon frère et son épouse avec leurs enfants. Maman invite les adultes à passer dans le bureau de papa. Nous nous installons à la table rectangulaire encadrée de six chaises. Ma sœur sert des tasses de thé puis la réunion débute sans tarder. Papa nous remercie de notre présence. Après une courte pause, il annonce brusquement :

— Mon grand magasin va déclarer faillite, et moi aussi.

Faillite ? Stupéfait, je m'écrie :

— Papa, arrête de plaisanter !

Il secoue la tête :

— Shôta, ce n'est pas une blague, malheureusement.

J'observe les visages de ma mère, ma sœur, mon frère et sa femme. À ma surprise, personne ne semble choqué. Comment ça ? Papa reprend :

— Désolé, Shôta. À part toi, tout le monde était au courant de cette éventualité depuis quelque temps.

— Je ne comprends pas... Pourquoi cette décision hâtive maintenant ?

— C'est à cause du centre commercial qui a ouvert en banlieue il y a trois ans. Il attire nos clients avec des prix réduits. D'ailleurs, les gens achètent de plus en plus en ligne.

Il se tait un instant. Maman ajoute :

— Tous les commerces déclarent des pertes énormes depuis des années, surtout depuis l'éclatement de la bulle immobilière et boursière. C'est un miracle que notre magasin ait tenu si longtemps.

Mon frère l'interrompt ironiquement :

— Avec une lourde hypothèque sur cette maison.

Cette nouvelle m'ébranle encore. Je bégaye :

— Ça… ça veut dire qu'on perdra cette maison aussi ?

— Oui, répond ma sœur. De même que les voitures de papa. Heureusement, la loi interdit la saisie de nos affaires personnelles, comme cette table.

— Mon Dieu… Et le chalet à la campagne ? demandé-je, troublé.

— Ça, on peut le garder, car il avait été acheté au nom de maman.

Ma sœur m'explique la situation plus en détail. Je ne sais plus quoi dire. Papa s'adresse maintenant à mon frère et à ma sœur :

— Je vous remercie pour votre longue contribution dans nos affaires. Je suis soulagé que la faillite n'affecte pas trop votre vie et que vous puissiez continuer vos professions respectives, comme avant.

Ma sœur demande à nos parents :

— Où allez-vous vivre désormais ?

— Nous sommes déjà dans la soixantaine, répond papa. Nous emménagerons bientôt dans une résidence publique. D'ici là, nous habiterons le chalet.

Ma sœur leur suggère :

— Même pour une courte période, ce ne sera pas très commode de vivre à la campagne. Vous pourriez habiter chez moi en ville, en attendant votre déménagement en résidence.

Nos parents la remercient. Puis papa tourne la tête vers moi :

— Shôta, il ne reste que neuf mois jusqu'à ta licence. Tes frais de scolarité ont déjà été réglés, ainsi que les loyers de juillet et août de ton appartement. Quant au reste, c'est toi qui t'arrangeras pour gagner de l'argent. Commence tout de suite à chercher un logement moins cher, comme une chambre chez l'habitant.

Encore un choc. Mon frère me regarde avec un air compatissant.

— J'aimerais bien t'aider, dit-il, mais cela ne sera guère possible avec nos deux enfants. Si tu désires faire une maîtrise, tu pourras demander une bourse ou bien un prêt étudiant.

— Une bourse ou un prêt étudiant ? répété-je, désorienté.

Ma sœur m'encourage :

— Tu as toujours de bonnes notes, Shôta. Ce ne sera pas compliqué pour toi d'obtenir des bourses.

Je pense à Ben qui loue une petite chambre en travaillant dans un restaurant. Il se réjouit de son nouvel emploi de tutorat. Je revois même le visage de H. aux prises avec ses dettes de prêts étudiant. Trop démoralisé, je n'ose plus rien dire devant ma famille. Ma mère me console :

— J'espère que tu as bien compris ta situation financière. Mais ne t'inquiète pas trop. Je trouverai un emploi et t'aiderai au besoin, au moins jusqu'à l'obtention de ta licence. Après, on verra.

— Que feras-tu à ton âge, maman ?

Elle me répond fièrement :

— N'oublie pas que j'ai été une excellente conseillère au centre d'appels du magasin.

Je me tais, déconcerté.

Le lendemain, je reviens à Kamakura vers une heure de l'après-midi.

Je dépose d'abord à mon appartement la nourriture que ma mère m'a donnée dans un gros sac. Puis je vais voir le propriétaire pour l'informer de mon déménagement fin août. Nous n'avons pas signé de bail et il lui suffit d'être notifié deux mois à l'avance. Je ne lui mentionne pas la faillite de mon père. Le vieil homme sympathique me dit avec regret :

— Vous respectez bien les conditions : tranquillité et propreté. Vous n'avez jamais été en retard dans vos paiements. Un excellent locataire ! Au besoin, je signerai avec plaisir une lettre de recommandation.

Je le remercie et il la prépare sur place. Il m'assure que mon *shikikin* me sera remboursé avant le 15 septembre, soit deux semaines après mon déménagement. Je recevrai donc un montant équivalent à un mois de loyer, pourvu que l'état de mon appartement soit raisonnable. Cela m'enchante, c'est comme si j'obtenais une prime.

Après, je passe à ma librairie habituelle récupérer des journaux locaux gratuits. Au lieu d'aller au café d'à côté, je reviens directement dans mon appartement. J'ai faim. Je réchauffe du porc sauté au gingembre avec du riz. En attendant, je contemple par la fenêtre les temples bouddhistes et la riche végétation. Au loin, la baie de Sagami avec l'île d'Enoshima. Quel beau paysage ! Cela m'attriste vraiment de quitter ce logement. Par ailleurs, je tiens à vivre à Kamakura au moins jusqu'à la fin mars.

Je vérifie mon compte bancaire. Le solde couvrira la nourriture pour un mois, à condition que je n'aille ni au restaurant ni au bistrot. Je demanderai un prêt étudiant en septembre, au cas où je ne gagnerais pas assez d'argent pendant l'été. Heureusement que maman a déjà réglé les droits de scolarité pour ma dernière année d'université.

En mangeant, j'examine la section "enseignement" dans la rubrique des offres d'emploi. La coop de mon université en présente de nombreuses à Tokyo, mais pas à Kamakura. Au bout d'un moment, j'aperçois plusieurs annonces pour étudiants : trois *juku* pour écoliers, collégiens et lycéens, ainsi que deux tutorats proposés par une agence.

Après avoir pris un café, je téléphone au *juku* pour lycéens offrant le meilleur salaire.

Le directeur répond, bien que nous soyons un dimanche. Il montre aussitôt de l'intérêt pour ma candidature. Il semble impressionné par le nom de mon université. Lorsqu'il apprend que j'ai fait un stage d'enseignement au lycée, il me demande si je peux venir demain soir avec mon curriculum vitæ. J'accepte sur-le-champ.

Ensuite, je me penche sur les offres de location d'appartements. Les loyers sont naturellement plus élevés qu'il y a deux ans. Habiter chez quelqu'un, comme Ben, serait beaucoup moins cher. Mais je n'ai pas envie de vivre sous le même toit qu'un couple ou une famille. Je pense à Saya. Je vais lui parler de ma situation dimanche prochain après le concert de *koto*. Sa sœur et son mari ont beaucoup de connaissances à Kamakura. Ils pourraient peut-être me renseigner.

Je laisse les journaux de côté et me mets au travail pour mes cours. Je me félicite d'avoir déjà lu tous les textes prescrits dans le *shinkansen* la veille ainsi que ce matin. Je continue d'écrire ma thèse.

Après deux heures de concentration, je m'allonge sur mon lit et réfléchis.

Désormais, je n'aurai probablement plus le temps de rédiger des articles pour le journal étudiant, ni de poursuivre mon roman *Madame Ajisaï*, ni même de lire librement. Ma mère espère m'aider en travaillant dans un centre d'appels d'entreprise. Vu la gravité de notre situation, je n'ose compter sur elle ou sur qui que ce soit de ma famille.

J'ai été vraiment gâté, comparé à la plupart de mes camarades. J'ai suivi des cours supplémentaires tels que la mythologie grecque et la littérature chinoise classique. Cela m'aide naturellement à former ma pensée et à enrichir mes articles. J'ai encore quelques cours déjà payés pour cette année. Je profiterai de cela malgré tout.

Le professeur M. m'a proposé de poursuivre jusqu'au doctorat tout en étant assistant rémunéré. En réalité, le salaire d'un assistant ne permet pas de vivre. Je devrai donc demander l'un des shôgakukin. Cela ne sera pas difficile pour moi, vu que désormais les revenus de mes parents seront bas. Il existe des prêts sans intérêts. C'est formidable. Néanmoins, je préférerais éviter de m'endetter. Quoi qu'il en soit, avant un doctorat, il faut d'abord obtenir une maîtrise. Ce dont je dois m'occuper pour le moment, c'est donc de terminer ma dernière année de licence. Pour payer un appartement, il faut gagner de l'argent comme Ben… J'envie maintenant son nouveau travail de tutorat de quatre heures par semaine qui couvre amplement son logement.

La fatigue m'envahit. Je dois arrêter de trop penser à mon avenir.

Nous sommes déjà en juillet. Huit jours ont passé depuis notre réunion de famille. Mes examens de fin de premier semestre débutent dans deux semaines.

Je n'ai pas encore trouvé de nouveau logement à Kamakura. Tous ceux qui me tentent dans les journaux sont trop chers pour moi. Bonne nouvelle cependant : le *juku* m'a embauché et j'y travaille depuis l'entretien. J'enseigne la rédaction deux fois par semaine entre dix-neuf heures et vingt et une heures trente. Le salaire couvre mes besoins en nourriture.

Le soleil brille depuis ce matin, bien qu'on soit en pleine saison des pluies. Cet après-midi, je vais écouter un concert de *koto* avec Saya au centre culturel K. Vers quatorze heures, je pars de chez moi à vélo.

J'arrive quelques minutes avant l'ouverture.

— Par ici, Shôta !

À l'entrée, Saya agite la main. Je la salue. Elle me montre un sac en papier :

— J'ai préparé des *onigiri* et de la salade chez ma sœur. Après le concert, nous pourrons pique-niquer au parc comme l'autre fois, si ça te tente.

J'accepte avec plaisir. Elle explique qu'elle s'est occupée de sa nièce de trois ans pendant que ses parents étaient sortis déjeuner avec leurs amis, qu'elle a joué du piano avec la petite… Elle bavarde. Préoccupé par mon problème, je n'écoute que d'une oreille.

Nous entrons dans la salle. La plupart des spectateurs sont des femmes. Saya chuchote à mon oreille :

— Ton nouveau roman avance ? Cette atmosphère très féminine avec le son particulier du *koto* devrait stimuler ton imagination.

— J'espère… murmuré-je.

Elle me rappelle qu'à l'issue de la représentation, la professeure répondra aux questions du public sur cet instrument. J'ouvre le programme et y découvre des titres traditionnels japonais, d'abord en groupe puis en solo. Ce qui attire mon attention, c'est une pièce classique européenne : le premier mouvement de la *Quarantième Symphonie* de Mozart. C'est curieux.

Bientôt apparaissent sur la scène une trentaine de musiciennes, qui s'asseyent élégamment devant les *koto* alignés sur un tapis rouge. Le concert commence. De belles dames, de jolis kimonos, d'agréables mélodies connues de tous. Je me détends peu à peu.

Et lorsque j'entends l'*Allegro molto* de Mozart, je me souviens d'un portrait de Clara Schumann que ma professeure de piano m'avait montré. Je me revois fixer longuement le visage de cette belle pianiste compositrice. J'avais pratiqué son *Prélude et fugue*.

Soudain, une idée me vient à l'esprit pour l'héroïne de mon roman, maîtresse de *koto*. Elle posséderait une intelligence vive, un charme doux, une présence solide, une force mentale et physique... et une sensualité envoûtante. Ces images attisent en moi l'envie de poursuivre *Madame Ajisaï*.

Le concert se termine vers cinq heures.

Saya et moi pique-niquons dans le parc voisin. Elle dépose deux récipients remplis d'*onigiri* et de salade, une bouteille de thé. Elle lance :

— Bon appétit !

— Tu me gâtes encore !

J'attaque en répétant "C'est délicieux !" Enchantée, Saya me donne ses impressions sur le concert. Elle aussi a été surprise par la pièce de Mozart. Elle bavarde de bonne humeur. Je l'écoute en silence. Elle s'interrompt soudain, et me demande :

— Shôta, tu vas bien ? Tu as l'air inquiet.

Elle observe ma mine, comme je l'avais fait lorsqu'elle était attristée par la disparition de son copain. Je lui annonce la faillite du grand magasin. Elle s'écrie :

— Oh, mon Dieu !

Elle reste bouche bée quelques instants. Puis reprend :

— Dis-moi s'il y a quelque chose que je puisse faire pour t'aider.

— Merci, Saya. J'enseigne dans un *juku* depuis une semaine. Mais je dois déménager fin août. J'ai seulement besoin d'informations sur des logements abordables ici, à Kamakura.

— Ah, ça ! Ce ne sera pas compliqué. Je me renseignerai auprès de ma sœur et son mari. On trouvera un petit appartement à ta portée. Ou une chambre chez quelqu'un. Sinon…

Elle se tait, l'air un peu gêné.

— Sinon ?

— Tu pourrais habiter chez moi.

— Chez toi, à Yokohama ?

Je la regarde, étonné par cette proposition inattendue.

— Oui, Shôta. Je suis une bonne cuisinière.

Je ne sais comment répondre. Elle ajoute :

— On pourrait partager le coût des courses et les charges. Qu'en penses-tu ?

— Tu es trop généreuse, Saya. Je ne veux déranger personne.

— Pourquoi pas ? Lorsque je fréquentais le *tandaï*, je vivais ainsi avec une autre locataire.

— Mais… tu n'es plus étudiante.

— Peu importe. J'aimerais t'aider.

— Merci, Saya. C'est quand même une question délicate pour moi. Je ne pourrais pas cohabiter avec une fille… qui n'est pas mon amoureuse.

Elle écarquille les yeux avec une expression confuse. L'ai-je vexée ? Après quelques secondes, elle ouvre la bouche :

— Excuse-moi, Shôta, si je me trompais. Je croyais que tu étais gay.

— Quoi ?! Je ne le suis pas !

Je reste interdit. Elle me répond, embarrassée :

— Désolée, c'est donc ma méprise. Oublie alors cette offre.

Après notre repas, Saya et moi nous quittons à la sortie du parc et je rentre directement chez moi. Il est presque sept heures. Je prends une douche puis continue de réviser.

C'était drôle cette méprise de Saya à propos de ma sexualité. Je n'ai aucun préjugé envers les gays, mais ça m'a vraiment surpris qu'elle m'ait cru l'être. J'aime les filles et n'ai jamais été attiré par un garçon. Saya m'a promis de ne pas revenir là-dessus. Par curiosité, je lui ai demandé pourquoi elle pensait ainsi.

Elle m'a expliqué sans détour :

— Les gays me semblent être plus à l'écoute, plus patients et sensibles que les hétéros. Tu as ces qualités et je me sens à l'aise de te parler librement. D'ailleurs, tu n'as pas de petite amie depuis longtemps, au moins depuis ton emménagement à Kamakura.

J'ai réagi spontanément :

— Tu as complètement tort ! Je rêve d'en avoir une mais je n'ai pas encore eu la chance de la rencontrer.

Elle m'a taquiné :

— Je te présenterai un jour une fille qui te rendra fou !

Il est dix heures passées. J'ai un peu faim. Il ne reste pas grand-chose dans le réfrigérateur. J'ai déjà terminé tout ce que ma mère m'avait préparé. J'ouvre un placard et trouve une dernière *cup-noodle* et trois conserves de sardines. Je n'ai pas envie de poisson. Je sors la *cup-noodle* et y verse de l'eau chaude.

Je pense à mes parents. D'après ma sœur, papa vient de déclarer faillite par l'entremise de son avocat. Quant à maman, elle cherche un emploi. Lors de la dernière réunion de famille, je n'ai pas osé mentionner ma décision de faire un doctorat. Papa m'a conseillé : "Obtiens une licence au moins. Tu en es capable en travaillant et tu deviendras enseignant au lycée." Maman avait l'air plutôt optimiste et m'a encouragé : "N'arrête pas l'écriture et la lecture. Tu pourrais vivre de ta plume."

Mon portable sonne. C'est Ben.

— Désolé de t'appeler si tard, Shôta. J'ai une proposition. C'est au sujet des parents du garçon à qui je donne des leçons privées.

— Monsieur et madame Oda ? demandé-je.

— Exactement. Ils cherchent un homme qui pourrait s'occuper de leur résidence secondaire à Kamakura. Il s'agit donc d'être un house-sitter. Ils préfèrent un étudiant. J'ai pensé à toi puisque cette ville te plaît beaucoup.

— Ce serait à partir de quand ?

— Fin août, quand l'étudiant actuel déménagera.

Curieux, je l'écoute sans l'interrompre. Selon lui, les tâches sont simples : tondre, arroser les plantes, rendre de petits services. Ben ajoute :

— Le house-sitter loge dans le petit pavillon sur le même terrain. Il n'y a pas de loyer à payer.

Sans loyer ? Je réponds aussitôt :

— Ben, c'est parfait pour moi ! Je dois quitter mon appartement avant septembre.

— Tu "dois" ? Comment ça ?

Je lui explique ma nouvelle situation financière. Ben bégaye :

— Fa… faillite ?

Comme Saya, il se tait un instant sans savoir comment réagir. Puis il me répète "désolé". Son ton semble tellement troublé que c'est moi qui le console. Je lui dis que je travaille déjà dans un *juku* mais que j'étais vraiment dans l'embarras quant à mon logement.

— Donc, Shôta, ça tombe juste au bon moment pour toi.

— Oui, apparemment. C'est quand même trop beau pour être vrai.

Ben répond joyeusement :

— Monsieur et madame Oda me font confiance et accepteront quiconque je leur présenterai. Profites-en !

On est samedi. Hier, j'ai terminé mes examens de fin de premier semestre. J'ai dormi jusqu'à dix heures ce matin. Reposé, je profite d'un petit-déjeuner tardif. Cet après-midi, j'ai rendez-vous avec monsieur Oda. On annonce un temps ensoleillé toute la journée. J'irai à vélo. Il me faudra vingt minutes environ.

L'entrevue ne m'inquiète pas. J'ai déjà parlé avec monsieur Oda au téléphone lundi dernier et je n'ai qu'à me présenter avec mon CV. Il m'a fait très bonne impression. La voix posée, il s'est assuré de ce que Ben lui avait mentionné à mon sujet, notamment ma spécialité. Monsieur Oda m'a dit : "Je ne lis presque que des romans policiers, mais j'aime beaucoup la poésie chinoise classique." J'ai évoqué les cours de *kanbun* que j'avais suivis et lui ai récité mon poème préféré. Cela lui a plu et nous en avons discuté un peu.

Cette proposition de logement à titre gracieux a soulagé mes parents. Ma sœur avocate m'a conseillé de bien vérifier l'entente écrite avant de signer quoi que ce soit. Mon frère, toujours cynique, m'a averti : "Rien n'est plus cher que ce qui est gratuit." D'après monsieur Oda, le house-sitter actuel est en maîtrise de mathématiques et va commencer un doctorat à Boston en septembre. Il occupe le pavillon depuis quatre ans. S'il avait eu des problèmes avec les Oda, il ne serait pas resté aussi longtemps.

Mon rendez-vous est à trois heures. Il fait chaud et humide. Je prends une douche et m'habille de façon simple : une chemise à manches courtes et un pantalon léger en coton. J'ai encore du temps mais pars en avance afin d'observer les lieux.

La résidence secondaire des Oda se trouve dans un beau quartier de chalets, à l'écart du bord de mer touristique et tout près de la plage de Shichirigahama. En explorant un peu, je découvre avec satisfaction qu'il y a une gare à seulement quelques minutes à pied. De là, on peut rejoindre la ligne principale pour Tokyo. Ce sera donc facile de me rendre à mon université.

Je descends vers la plage et flâne en poussant mon vélo sur le sable.

Une brise souffle agréablement. En écoutant le clapotis des vagues, je songe au chalet de ma mère, qui a échappé à la saisie immobilière. Il se situe au bord d'une petite rivière qui se jette dans le lac Biwa. La vue y est magnifique. Ce qui diffère ici, c'est l'odeur de la mer. Au-dessus de moi volent des mouettes qui crient. L'île d'Enoshima apparaît devant moi. Au loin se démarque clairement le mont Fuji. Émerveillé, je contemple ce paysage. L'air propre, le ciel bleu clair, la lumière du soleil éblouissante après les pluies. Tout m'enchante.

Cela me ravit de pouvoir vivre tout près d'une plage aussi belle. Mon regret de quitter mon appartement dans un mois s'estompe peu à peu. Après avoir emménagé ici, j'inviterai Saya, Ben et sa petite amie pour qu'on aille se baigner.

L'heure du rendez-vous approche. Je me dirige vers chez monsieur Oda.

La maison et le pavillon font face à la mer. Ce sont de vieux bâtiments de style européen. Le portail d'entrée étant ouvert, je pénètre dans le jardin. Je remarque aussitôt une abondance d'hortensias en floraison. Un piano se fait entendre.

Je sonne à la porte de la maison. Une femme en tablier apparaît. Elle semble au début de la soixantaine, comme ma mère. Ce doit être une gouvernante. Je me présente poliment. Elle me répond avec un sourire aimable :

— *Sensei* vous attend dans l'arrière-cour.

Elle m'indique la direction. Je la remercie et suis une allée de pierres plates espacées. Sous une fenêtre ouverte, j'entends le piano plus clairement. Seulement un CD. C'est la *Ballade* op. 6 n° 4 de Clara Schumann. Je m'étonne de me souvenir de cette pièce, que ma professeure de piano avait jouée en solo lors d'un concert.

Je pénètre dans l'arrière-cour bien entretenue. Le médecin lit un journal, installé dans un fauteuil en bambou sous un grand parasol blanc. Dès qu'il m'aperçoit, il se lève en ôtant ses lunettes. Ben a raison. C'est en effet un bel homme. Je le trouve beaucoup plus jeune que je ne l'imaginais. Je croyais qu'il avait quarante ans au moins.

Je le salue en m'inclinant légèrement. Il me sourit :

— Soyez le bienvenu, Shôta-*kun*.

Il me vouvoie d'un ton respectueux, comme l'autre jour au téléphone. Il m'invite à m'asseoir en face de lui. Alors que nous échangeons quelques paroles, la porte derrière nous s'ouvre et la même dame descend l'escalier de bois avec un plateau. Elle nous sert des tasses de café et des tranches de gâteau accompagnées de framboises et de myrtilles.

— Merci, madame.

— Appelez-moi Nami tout court, répond-elle amicalement. Je suis gouvernante.

Le médecin me dit :

— C'est un gâteau au fromage que ma femme a fait. J'espère qu'il sera à votre goût.

J'en prends un petit morceau. Juste ce qu'il faut de douceur se répand dans ma bouche. Je m'exclame :

— C'est délicieux !

Monsieur Oda affiche un large sourire. Je déguste le reste en savourant. Il parle de ce beau quartier et de sa population sympathique. Le piano poursuit avec une mélodie japonaise pour enfants. J'entends aussi une voix de garçon. Ce n'est pas un CD. Ça doit être madame Oda qui joue. Selon Ben, elle enseignait le piano dans une école de musique à Yokohama.

Après notre café, je tends mon CV au médecin. Il le lit attentivement et m'interroge :

— Qu'envisagez-vous comme carrière ?

Je lui décris mes projets : faire une maîtrise et, si possible, un doctorat toujours en littérature. Il réagit d'un ton amusé :

— Doctorat en littérature ? J'ignore tout de ce domaine, mais avez-vous l'intention de devenir professeur d'université ?

— Oui, c'est ce à quoi mon université m'encourage.

Il me regarde, l'air impressionné :

— Bonne chance ! J'espère que vous habiterez ici longtemps. Vous pourrez vous consacrer à vos études sans être dérangé.

Ensuite, il me demande d'inscrire sur mon CV les coordonnées d'une personne de ma famille en cas d'urgence. Je renseigne celles de ma sœur en expliquant que mes parents sont en train de déménager.

— Puis-je savoir quel métier exerce votre sœur ? demande-t-il.

— Bien sûr, monsieur. Elle est avocate.

— Ah bon ?

Un peu surpris, il se tait un instant. À ce moment-là, la porte derrière nous s'ouvre à nouveau et apparaît une dame très élégante. Elle semble avoir la trentaine. Je me fige, ébloui par sa beauté.

— Je vous présente ma femme Sumiko.

Je me lève gauchement. Madame Oda me salue avec un sourire accueillant :

— Enchantée, Shôta-*kun*. Nous sommes très heureux d'avoir si vite trouvé un nouveau house-sitter.

— C'est grâce à mon ami Ben. Merci d'avoir accepté ma candidature.

Je la remercie aussi pour son délicieux gâteau au fromage. Puis je m'enquiers en hésitant :

— C'était vous qui jouiez du piano tout à l'heure ?

Madame Oda hoche la tête. Je poursuis :

— C'est la *Ballade en ré mineur* de Clara Schumann, n'est-ce pas ?

— Oui, exactement ! s'exclame-t-elle joyeusement.

Son mari jette un coup d'œil vers moi. Elle reprend :

— Vous m'impressionnez, Shôta-*kun*. On ne parle pas beaucoup de cette grande musicienne. Elle a achevé cette composition à l'âge de dix-sept ans.

Madame Oda me fixe de ses yeux purs. Mon corps s'immobilise, comme paralysé. Monsieur Oda lui adresse quelques mots que je ne saisis pas.

La porte s'ouvre à nouveau et un jeune adolescent s'approche de nous. Il ressemble beaucoup à monsieur Oda. Madame Oda me le présente en caressant sa tête :

— Voici notre fils, Kazuya.

L'enfant s'incline vers moi. Je le salue en ajoutant :

— Je suis un ami de ton tuteur. Il est fier de toi, répétant que tu es très intelligent et sage.

Le garçon lance gaiement :

— Ben-*sensei* m'a dit que vous deviendrez un grand écrivain !

Le couple se tourne vers moi à l'unisson.

Nous sommes la dernière semaine d'août. C'est lundi, ma seule journée de congé. Je déménage demain.

Après mon petit-déjeuner, je commence à mettre en carton les livres accumulés depuis plus de trois ans, ainsi que mes ustensiles de cuisine. Je possède un bureau, une table, deux chaises, un canapé, un fauteuil, un lit, une armoire, une étagère à livres démontable. Au début, je pensais devoir louer une fourgonnette et demander l'aide de quelqu'un. Heureusement, cela n'a pas été nécessaire : monsieur Oda a réservé à ses frais un déménageur, avec qui je porterai les meubles. J'ai déjà reçu la clé du pavillon. Il va également me confier celle de la maison d'à côté, en cas d'urgence.

Je travaille six jours par semaine. En plus d'être enseignant deux soirs au *juku*, je suis conseiller-vendeur dans une librairie nommée U. à Yokosuka. Je l'ai découverte au hasard d'une promenade. Un couple la dirige depuis vingt ans.

À part moi, ils ont deux employés à plein temps : une dame et un jeune homme. Mes horaires sont de dix heures à seize heures, du mercredi au dimanche. Le salaire n'est pas très élevé, mais je profite des repas de midi gratuits que madame U. prépare elle-même.

Comme je n'ai plus à me soucier d'un loyer, je peux me passer d'une bourse ou d'un prêt étudiant. Je gagne assez pour la nourriture et le nécessaire quotidien et peux même économiser pour les droits de scolarité d'entrée en maîtrise au printemps. Je ne vais plus au théâtre ni au cinéma. Trop pris, je n'ai pas vu ma famille depuis notre dernière réunion.

Pourtant, quelque occupé que je sois, je ne peux m'empêcher de penser à madame Oda. Elle s'est emparée de mon esprit. Selon Ben, elle a trente-cinq ans, treize ans de plus que nous. Mais peu importe cet écart d'âge, je crois que je suis amoureux d'elle. Son image me hante. C'est la première fois que j'éprouve une telle sensation. Sumiko, Sumiko… me répété-je en silence.

Où que je sois, je la réentends jouant la ballade de Clara Schumann. Je me souviens encore de ce que ma professeure de piano m'avait raconté : le jeune Johannes Brahms vécut sous le toit du couple Schumann pour recevoir des conseils de Robert. Il a pu tomber amoureux de Clara lui aussi, pensé-je. Pourquoi pas ? Qui ne serait pas envoûté par le charme de cette belle musicienne énergique ? Madame Oda est-elle comme Clara Schumann ?

Ben fréquente régulièrement les Oda pour donner des leçons à leur fils. Je ne l'ai jamais entendu faire de remarque sur elle. Pour lui, est-elle simplement la mère de son élève ? Sa beauté, son élégance, son intelligence, son talent musical ne l'ébranlent-ils pas ?

Monsieur Oda est respectueux et généreux. J'ai vraiment de la chance de connaître un gentleman pareil. Sa façon de s'adresser à sa femme donne l'impression qu'il l'aime, l'admire et en est très fier. Lors de mon entrevue, il lui a joyeusement lancé : "Sumiko, enfin quelqu'un avec qui tu pourras partager ta passion pour Clara Schumann !" Madame Oda l'a taquiné : "Mon chéri, on ne doit pas déranger Shôta-*kun*. Il ne vivra pas ici pour me tenir compagnie."

Depuis, j'ai envie de reprendre le piano. Malheureusement, je ne dispose pas d'instrument. Celui que mes parents m'avaient acheté a été saisi lors de la faillite. Il est hors de question d'en acheter un, même d'occasion. Saya m'encourage à jouer dans son appartement. Hélas, je n'ai pas le temps ! Je peux cependant demander à ma mère de m'envoyer mes vieilles partitions. J'espère qu'elle les a gardées dans son chalet.

J'ai fini d'empaqueter mes livres. Je sors sur le petit balcon avec un café. Le ciel est couvert de nuages sombres. Au loin apparaît l'île d'Enoshima, mais moins distinctement que d'habitude.

J'observe longuement les arbres verdoyants et les vieux temples bouddhiques qui m'évoquent ma ville natale.

La saison des hortensias vient de s'achever. L'image de madame Oda en kimono me traverse l'esprit, comme l'héroïne de *Madame Ajisaï*. Je songe à tenir un journal intime. Ce que je n'ai jamais fait.

Cet après-midi, j'emménage dans le pavillon de la famille Oda.

Je n'ai finalement pas eu l'occasion de rencontrer mon prédécesseur. Il est déjà à Boston. Quant à mes tâches, la gouvernante Nami me les a expliquées en détail lors de ma première visite. Si j'ai des questions, je n'ai qu'à la contacter sur son portable. Tout me semble en ordre.

D'après Nami, les Oda séjournent ici du vendredi au dimanche presque chaque semaine. Parfois le docteur effectue un remplacement dans une clinique privée d'un quartier voisin. Je serai donc seul du lundi au jeudi. Et, comme je travaille à la librairie de Yokosuka pendant leurs séjours ici, je ne les verrai pratiquement pas. Je vivrai librement et c'est ce que je souhaitais. D'un autre côté, je suis déçu de ne pas avoir l'occasion de parler avec madame Oda. J'envie Ben qui la côtoie régulièrement à Tokyo.

Vers deux heures, j'arrive chez les Oda en compagnie du déménageur. Je le guide pour qu'il se gare devant la porte du pavillon. L'homme travaille efficacement et tout se termine très vite. Après son départ, je démarre le climatiseur et me repose un peu sur le canapé. Ce soir, j'enseigne au *juku* entre sept heures et neuf heures trente.

Ici, c'est une sorte de studio. Tout ce dont j'ai besoin est là : réfrigérateur, cuisinière, lave-linge séchant, chauffage, air conditionné, un petit *ofuro* avec une colonne de douche. Monsieur Oda m'a dit que je pourrais y recevoir ma famille et mes amis. J'ai aussitôt fixé un rendez-vous avec Ben et Saya pour lundi prochain. En ce qui concerne ma famille, ce sera plus tard.

Je sors du pavillon et me dirige vers le portail pour relever le courrier. Il y a plusieurs cartes postales, enveloppes et tracts. Je les apporte à la maison et les glisse dans la fente de la porte d'entrée. Après, je fais le tour du bâtiment. L'arrière-cour et l'allée de pierres semblent propres.

En revenant chez moi, j'entends le portail s'ouvrir. Qui est-ce ? Une voiture grise entre. Je remarque une femme avec des lunettes de soleil. C'est madame Oda ! Elle m'aperçoit et me sourit. Elle se gare devant sa maison et descend de la voiture. Puis elle s'approche de moi. Mon cœur bat la chamade. Je la salue. Elle a un chignon haut et en désordre, comme si elle était sortie à la hâte. Elle me demande :

— Votre emménagement s'est-il bien passé ?

Elle me vouvoie toujours.

— Oui, merci, madame. Je suis très heureux d'habiter un endroit aussi beau et tranquille. C'est parfait pour étudier.

— Tant mieux ! Je vous souhaite de réussir.

Elle m'explique la raison de son passage soudain. Son fils a oublié ici son devoir de sciences effectué pendant les vacances. Il panique car il doit le présenter demain. Je réagis spontanément :

— Hier, c'était mon congé. Vous auriez pu me demander de rapporter son devoir à Tokyo.

— Mais non ! Je ne voudrais pas vous déranger pour ça.

Elle a prononcé "mais non !" sérieusement, comme un reproche à mon encontre. Cela me gêne. Elle me propose :

— Je vais prendre un café avant de retourner à Tokyo. Voulez-vous m'accompagner dans l'arrière-cour ?

Je réponds aussitôt :

— Avec plaisir, madame !

Je suis revenu du *juku* vers dix heures.

Mon studio est encore encombré de boîtes en carton remplies de livres. Je les rangerai demain après mon travail à la librairie. Je prends une douche puis sors dans le jardin.

Installé dans un grand fauteuil en bois, je regarde vers la baie de Sagami. On aperçoit à l'est l'île d'Enoshima ainsi que le pont Katase où brillent des lumières. Une brise fraîche effleure ma peau. J'entends le bruissement d'un insecte. Bien que le temps soit encore chaud et humide, on se rend compte que l'été s'en va.

J'ai le cœur à l'envers. Je n'en reviens pas de ce qui m'est arrivé cet après-midi. J'ai passé un moment inoubliable avec madame Oda.

Elle m'a servi un café délicieux. Puis elle m'a parlé comme à un ami. Elle m'a posé des questions sur les morceaux de piano que j'avais appris dans mon enfance. Je lui ai répondu en fouillant dans ma mémoire. À ma surprise, elle m'a proposé d'en jouer un pour elle. J'ai aussitôt décliné en expliquant que je n'avais pas touché un clavier depuis dix ans. Mais elle a insisté en me taquinant :

— On verra, Shôta-*kun.* Ce qu'on a mémorisé jeune ne s'efface pas facilement.

J'ai finalement consenti. Elle m'a guidé dans le salon où se trouve son piano à queue brun. J'ai décidé de jouer le début d'un extrait du *Prélude et fugue* de Clara Schumann que j'avais beaucoup pratiqué avant de cesser mes cours.

Assis devant le piano, je me suis concentré quelques secondes puis j'ai commencé. À mon étonnement, mes doigts se sont mis à courir sur les touches avec très peu d'hésitation. Ravi, j'ai poursuivi en y mettant plus d'émotion. Lorsque je me suis arrêté, madame Oda s'est exclamée :

— Ah, c'est merveilleux ! Vous avez un joli toucher. Je vois que votre professeure vous avait bien dirigé. Continuez !

Elle m'a alors autorisé à utiliser son piano en semaine. Cela m'a réjoui. Elle a ajouté que les voisins n'entendaient quasiment rien et que je pouvais jouer n'importe quand, jusqu'à neuf heures du soir.

— Profitez-en, Shôta-*kun.* C'est bien que la maison reste ainsi animée.

Elle a posé une condition : n'inviter personne à l'intérieur.

Le bruissement de l'insecte se poursuit dans le noir.

Un sourire me monte aux lèvres. J'apprécie enfin la sévérité de ma professeure de piano. Je suis désolé pour madame Oda qui a dû revenir de Tokyo, mais je remercie intérieurement son fils d'avoir oublié son devoir ici.

Je réfléchis à nouveau à notre conversation. Madame Oda n'a parlé ni de son mari, ni de son fils, ni de sa gouvernante. Elle ne m'a pas posé de question sur ma famille, ni sur mes camarades d'université, ni même sur Ben. Elle m'a raconté sa passion pour la musique et le piano, comme une adolescente pleine de joie. J'oubliais son âge. Au contraire, j'avais envie de la serrer dans mes bras. Embarrassé, je baissais la tête ou détournais les yeux.

J'espère vivre ici jusqu'à la fin de mes études. Pourtant, comment me sera-t-il possible de rester calme en étant si épris ?

Je revois ses cheveux noirs naturels et soyeux, je respire son parfum léger et raffiné sur sa nuque, je réentends sa voix douce et enchanteresse. Ces images prolongent sa présence et mon euphorie.

Nous sommes lundi. Ce soir, Saya, Ben et sa petite amie dîneront chez moi. Saya travaille jusqu'à cinq heures et tous arriveront ici ensemble. Je suis en train de préparer des *hiyashi-chûka* et des *gyôza*. Il fait encore très chaud, même la nuit. J'ai hâte de me baigner avec eux dans la mer.

Une semaine a passé depuis la visite inattendue de madame Oda. Mon exaltation ne diminue pas, elle grandit même de jour en jour. Heureusement, ma thèse et mes *arubaïto* me gardent très occupé. Quand j'ai du temps libre, je pratique le piano dans la maison. J'utilise mes vieilles partitions que ma mère a retrouvées dans son chalet. À chaque fois que je pénètre dans le salon, je sens le parfum de madame Oda qui m'ébranle quelques instants.

Vendredi, les Oda et leur gouvernante Nami sont arrivés en voiture vers six heures du soir. J'étais tout juste revenu de la librairie. Nami m'a demandé si tout s'était bien passé durant ma première semaine. Je lui ai répondu que oui, sans mentionner la visite de madame Oda. Elle m'a lancé avec un sourire significatif : "Je ne savais pas que vous jouiez très bien du piano. Madame m'a vanté votre talent." Ces paroles m'ont embarrassé, comme si Nami avait lu dans mon cœur.

Mon portable sonne. C'est Saya qui m'annonce leur arrivée. Je sors les recevoir au portail. En entrant, ils s'exclament d'une seule voix :

— C'est magnifique !

Ils admirent la maison, le pavillon, le jardin, le paysage. Ben me tape sur l'épaule :

— Tu en as de la chance ! Je suis content pour toi.

Saya renchérit :

— J'aurais bien pris cette offre si j'en avais eu vent. Tant pis pour moi !

Ben lui explique que les Oda recherchaient un homme qui puisse habiter la propriété comme un gardien. Je comprends la déception de Saya. D'ici, c'est assez commode d'aller à son bureau à Yokohama et de voir sa sœur qui vit tout près du temple Ajisaï. J'invite mes amis dans mon studio climatisé. Tout le monde semble très impressionné par le niveau de confort.

Nous nous installons autour de la table basse, où je dépose quatre bols de *hiyashi-chûka* et une grande assiette de *gyôza*. Ces mets enchantent mes convives. Ben et sa petite amie ouvrent des canettes de bière fraîches qu'ils viennent d'acheter. Saya annonce qu'on dégustera aussi un gâteau qu'elle a préparé hier soir. Notre dîner commence gaiement.

Ben et moi parlons de nos cours du second semestre qui débutent dans moins de deux semaines. Je lui dis que je réduirai mes heures à la librairie mais pas celles au *juku*. Ben, quant à lui, continuera son emploi au restaurant et celui de tutorat chez les Oda.

Je l'interroge :

— Ton élève, comment va-t-il ?

— Kazuya ? Il a fait beaucoup de progrès dans toutes les matières, particulièrement en mathématiques. Il est devenu très sportif et solide. Il sera admis sans problème au collège J.

— Vois-tu madame Oda à chacune de tes visites ?

L'air un peu étonné, Ben me fixe un instant.

— Seulement au début, répond-il. C'est la gouvernante qui m'accueille.

— Que fait-elle tous les jours ?

Ma question semble le déconcerter. Il s'assure :

— Madame Oda ?

— Oui. Tu m'avais dit qu'elle était femme au foyer.

— Tu t'en souviens ! En fait, elle enseigne le piano depuis quelques semaines.

Je ne savais pas. Je poursuis :

— Connais-tu le nom de l'école ?

— Non. Tu peux le lui demander directement. Tu la vois ici, n'est-ce pas ?

— Pas vraiment. Lorsque les Oda sont là, je travaille à la librairie de Yokosuka.

— Tu es alors tout seul en semaine, dit Ben.

— Oui, les matins et soirs, et toute la journée du lundi.

Je me tais un instant puis ajoute :

— Madame Oda m'a invité à pratiquer le piano dans son salon.

Saya m'interrompt :

— Tu as recommencé le piano ?!

— Oui, finalement.

Elle s'adresse à Ben :

— J'ai encouragé Shôta à continuer de jouer. Je lui ai même proposé d'utiliser mon piano, mais il a décliné en s'excusant : "Je n'ai plus le goût."

Ben nous envisage l'un après l'autre. Saya me demande :

— Es-tu tombé amoureux de cette "belle muse" ?

Sa question abrupte m'interloque. Je rétorque :

— Madame Oda est mariée et maman. Pas de chance pour moi.

Ben me dévisage sans rien dire. Sa petite amie nous jette un coup d'œil inquisiteur.

Notre dîner terminé, nous nous dirigeons vers la plage.

Ben et moi marchons ensemble, en suivant les filles en bikini. Alors qu'elles bavardent joyeusement, nous restons silencieux. Je songe à madame Oda.

Ben m'interroge brusquement :

— Je vois que Saya t'aime. Elle a un bon caractère. Tu n'as jamais pensé à la fréquenter ?

Étonné, je réponds :

— Pour moi, c'est une amie précieuse et je m'en tiens à ça.

Il s'arrête et me demande mi-sérieux :

— Es-tu amoureux de madame Oda ?

Je lève un instant le regard vers le ciel, puis fixe Ben dans les yeux :

— Qui ne le serait pas ?

Mes cours d'automne ont commencé jeudi dernier. Mon emploi du temps étant variable, je dois le vérifier chaque matin. Désormais, le mercredi est ma seule journée entièrement libre.

J'enseigne toujours au *juku* les mardis et jeudis soir. Quant à la librairie, mes horaires sont maintenant de dix-sept heures à vingt et une heures les vendredis, et de quinze heures à vingt et une heures les week-ends. Ils se sont beaucoup allégés. Cependant, comme les clients achètent de plus en plus en me consultant, le couple de propriétaires a augmenté mon salaire. Madame U. me prépare les dîners, tout comme elle me faisait les déjeuners. Ces deux *arubaïto* subviennent à mes besoins pour le moment.

J'ai informé Nami de mon nouveau programme. J'accomplis correctement mes tâches et personne ne me dérange inutilement. Le vendredi soir, lorsque les Oda arrivent, je travaille à la librairie où je me rends directement depuis l'université. Je ne les vois que rarement. Si je les salue, c'est seulement les samedis et dimanches matin. Je conserve ma vie privée comme avant.

Néanmoins, une chose me manque : me retrouver seul avec madame Oda. Ayant repris goût au piano, je rêve même de recevoir des leçons de sa part. Je pratique maintenant *Träumerei* de Robert Schumann. Cette mélodie nostalgique me serre le cœur chaque fois.

"Es-tu amoureux de madame Oda ?" m'a demandé Ben. Bien que je ne lui aie donné qu'une réponse évasive, il a semblé entrevoir mes sentiments. Ce jour-là, sur la plage, nous avons échangé des confidences. Il m'a avoué :

— Qui ne s'éprendrait pas de cette dame si sensuelle ? J'ai été ensorcelé au premier regard. J'ai perdu mon calme. Cela m'a troublé quelque temps par rapport à ma petite amie. Heureusement, madame Oda ne s'intéresse pas à moi.

Sa franchise m'a touché. Il a repris :

— Mais toi, Shôta, tu n'as personne depuis longtemps. Je m'inquiète pour toi.

Cette remarque m'a fait rougir. Il a ajouté :

— Tu plais à madame Oda.

— Comment ?

Ben m'a expliqué, en affichant un petit sourire :

— Quand monsieur Oda m'a demandé si je connaissais un étudiant qui pourrait habiter le pavillon, je t'ai recommandé sans hésitation. J'ai souligné que tu étais studieux, responsable, discret. Comme il a manifesté son intérêt, je lui ai montré une photo de toi sur mon portable…

Étonné, je l'ai interrompu :

— Je ne savais pas qu'il avait vu ma photo avant de me rencontrer.

Ben s'est excusé et a poursuivi :

— Monsieur Oda a appelé sa femme et Nami. Ton apparence sympathique et honnête a inspiré confiance. Madame Oda a sommé son mari : "Arrange tout de suite une entrevue avec cet étudiant."

— C'est comme ça que monsieur Oda a décidé de m'engager ?

— Je crois que oui. Ce gentleman se fie aux opinions de son épouse, c'est ce que je remarque en les côtoyant.

— Et madame Oda t'a choisi pour la même raison afin que tu t'occupes de leur fils ?

Ben a hoché la tête. J'ai repris :

— Cela signifie que tu as aussi plu à madame Oda. Alors, quelle est la différence entre ton cas et le mien ?

Ben a pouffé et m'a répondu :

— Elle m'a accepté parce qu'elle pensait que son fils s'entendrait bien avec moi. Elle avait raison. Ce garçon m'apprécie et est devenu studieux. En ce qui te concerne, elle t'a choisi instantanément, comme si tu lui étais destiné.

Il a mis l'accent sur "destiné".

— Tu exagères, Ben ! Madame Oda a surtout considéré le choix de la gouvernante, celle qui doit communiquer avec le house-sitter. C'est évident.

— Oui, mais…

Ben s'est tu. J'ai insisté :

— Mais quoi ?

— Son regard s'est illuminé quand elle a vu ta photo. Elle l'a fixée longuement.

Depuis ce jour, je vis dans un état euphorique. Chaque fois que j'aperçois madame Oda, mon cœur s'emballe. À la librairie, les propriétaires remarquent ma mine heureuse. La dame m'a taquiné une fois : "Tu as l'air épanoui ces temps-ci. Es-tu amoureux ?"

Néanmoins, je ne dois pas être trop naïf. Je me demande si Ben n'essaye pas de me provoquer pour que je m'engage dans une aventure. Je songe à mon frère aîné qui estime ma vie trop austère à mon âge. Il plaisante : "Shôta, tu te comportes comme un écolier modèle. Sois plus ouvert envers les filles. C'est bon d'avoir des expériences intimes quand on est jeune. C'est une sorte d'immunisation. Comprends-tu ?" Il a peut-être raison. Cependant, je ne veux pas considérer mes sentiments pour madame Oda comme une simple aventure.

Un amour à sens unique, c'est triste. Mais que faire ? Je ne peux pas commettre de faux pas en lui avouant ma flamme, alors que son mari manifeste une grande générosité à mon égard.

Je me réveille aux chants des oiseaux. L'horloge indique neuf heures quinze. Je paresse quelque temps dans mon lit. Nous sommes mercredi, la seule journée où je n'ai ni cours ni travail.

Il fait beau. Je sors de mon studio avec une tasse de café. Un soleil doux d'automne éclaire le jardin. Il vente légèrement. Installé dans le fauteuil en bois, je regarde la plate-bande d'hortensias tout desséchés. Dimanche dernier, Nami m'a informé que son mari arracherait les plantes fanées cette semaine. J'ai rencontré une fois cet homme à tout faire lorsqu'il est venu réparer un escalier. Il m'a salué avec une grande politesse et m'a appris que Nami et lui travaillaient déjà pour le grand-père de madame Oda, décédé il y a dix ans.

Je contemple la plage de Shichirigahama. Un kayak rouge se dirige vers l'île d'Enoshima en fendant les vagues. En le suivant des yeux, je me rappelle une tragédie que ma mère m'avait racontée il y a longtemps. Le drame s'est produit au milieu de l'hiver 1910. Au large de cette plage, un bateau transportant douze étudiants a été renversé par une rafale et tous ont été noyés. Je frémis en imaginant la froideur de l'eau.

Cette tragédie, selon maman, a fait l'objet d'une chanson en mémoire de ces jeunes : une enseignante japonaise en avait écrit les paroles sur la mélodie d'un hymne religieux américain. C'est un air très harmonieux. Je le fredonne. Et soudain, j'ai envie de le jouer au piano. Je termine rapidement mon café et retourne au pavillon chercher la clé de la maison.

J'entre dans le salon. Toujours saisi par le parfum de madame Oda, je me fige quelques secondes. Puis je m'assieds sur le tabouret du piano et commence lentement la mélodie en *do* majeur. *Sol... do... do... do ré mi sol... mi mi ré do...* Ça revient peu à peu et je retrouve enfin toutes les notes. Après trois essais, je réussis à jouer l'air sans à-coups et me mets à improviser un accompagnement de la main gauche. Cela fonctionne très bien. Je poursuis à un rythme normal.

Après quelques minutes, j'entends une jolie voix chanter. Qui est-ce ? Nami ? Est-elle venue avec son mari censé nettoyer le jardin ? La voix se rapproche. Je me retourne. C'est madame Oda ! Je suis stupéfait. Pourquoi est-elle ici aujourd'hui ?

— C'est beau, Shôta-*kun* !

Je la salue, déconcerté. Vêtue d'un tailleur bleu foncé, elle porte un sac à main. C'est la première fois que je la vois dans une tenue de ville. Elle vient à mes côtés et me demande :

— Jouez-le en *fa* majeur, s'il vous plaît.

— Pardon ?

Je l'interroge du regard. Elle me tapote l'épaule :

— Vous en êtes capable. Essayez.

Mon cœur cogne. Mes doigts tremblent. Je reprends la mélodie en *fa* majeur. Une fois le morceau terminé, elle m'ordonne :

— Très bien. Maintenant, répétez les quatre dernières mesures et je vous suivrai.

J'obéis. Elle se balance en rythme. Je revois le kayak rouge ondulant sur les vagues. Sa voix douce et claire m'ébranle. Je ne crois pas ce que je vis. Madame Oda chante sur mon accompagnement de piano ! Est-ce un rêve ? Elle continue avec le deuxième couplet puis le troisième, le quatrième, le cinquième et le sixième. Elle connaît toutes les paroles par cœur ! À la fin, elle m'applaudit :

— Bravo, Shôta-*kun* ! Vous avez vraiment l'oreille musicale.

Je la remercie, très flatté. Elle me demande si je connais la tragédie des douze étudiants noyés. Je lui réponds que oui et répète ce que ma mère m'avait raconté. Elle opine de la tête et ajoute qu'il y avait quatre frères parmi ces douze victimes. Puis elle jette un regard vers la fenêtre qui donne sur la mer.

Je l'interroge d'un ton taquin :

— Votre fils a-t-il encore oublié son devoir ?

— Mais non ! Même si c'était le cas, je ne reviendrais pas pour si peu. Une fois m'a suffi !

Elle m'explique qu'elle enseigne à l'institut Y., à Yokohama, les mardis et mercredis après-midi. Jaloux de ses élèves, je lui demande :

— Cela ne vous fatigue pas de conduire ainsi entre Tokyo et Yokohama ?

— Je prends le train comme vous, répond-elle. C'est plus relaxant, n'est-ce pas ? D'ailleurs, l'école se trouve tout près de la gare de Yokohama.

Malgré moi, j'insiste :

— Y a-t-il une raison spéciale pour que vous passiez ici aujourd'hui ?

Elle s'écrie amicalement :

— C'est ma maison ! Je viens quand je veux.

Je rougis et m'excuse de ma stupide question. Elle précise que cette propriété appartenait à son grand-père et qu'elle en a hérité il y a dix ans. Un silence s'installe. Puis elle murmure :

— Je pensais à vous ce matin…

— Pardon ?

— Au réveil, je me suis rappelé qu'aujourd'hui vous étiez libre. Après que mon fils fut parti à l'école, j'ai quitté la maison plus tôt que d'habitude pour passer ici, en espérant vous y trouver.

Elle regarde à nouveau par la fenêtre, en silence. Elle est donc venue exprès pour me voir ? Ce doit être un songe dans un songe… Elle tourne la tête vers moi puis reprend calmement :

— J'ai été ravie en ouvrant la porte du portail. Vous jouiez du piano dans la maison.

Madame Oda me sourit avec l'expression innocente d'une jeune fille. Elle se tient debout à ma droite. Mes membres tressautent comme parcourus par un courant électrique. Elle touche délicatement quelques notes de sa main gauche. C'est l'air de *Träumerei*. Je fixe son alliance. Une très belle bague argentée. Je bégaye :

— Ma… madame Oda.

— Oui ? répond-elle sans cesser de jouer.

— Je… je suis amoureux de vous… depuis le premier jour.

La mélodie s'arrête. Elle me caresse doucement le visage. Je ferme les yeux. Ses lèvres se superposent aux miennes.

Je viens de terminer un déjeuner tardif dans le pavillon. Le temps est ensoleillé. Après mon café, j'irai me promener sur la plage.

Mon esprit reste étourdi de ce qui m'est arrivé tout à l'heure. Madame Oda m'a embrassé sur les lèvres puis m'a pris dans ses bras. Je me sentais sous son emprise, comme ensorcelé. Si elle m'avait invité à faire l'amour, j'aurais sûrement accepté. Mais malheureusement ou heureusement, elle devait partir enseigner à Yokohama. Avant de me quitter, elle m'a fait promettre de lui jouer *Träumerei* quand je me sentirai prêt.

Je prépare mon café. Par la fenêtre de la cuisine, j'observe la demeure, les arbres, le jardin. Le gazon est encore propre car j'ai passé la tondeuse la semaine dernière. Soudain, le portail s'ouvre. C'est le mari de Nami. Il gare sa voiture devant la maison. Il entre d'abord dans le débarras au fond du terrain et en ressort avec un bac sur roulettes et une cisaille à haie. Ensuite, il se dirige vers la plate-bande et commence à couper les hortensias desséchés. C'est bien, pensé-je, qu'il ne soit pas venu ce matin. S'il m'avait vu seul avec madame Oda dans la maison, ça aurait été embarrassant… du moins pour moi.

En buvant mon café, je réécris quelques passages de ma thèse que je dois soumettre dans un mois. Je m'arrête un instant, songeant à l'étudiant qui a vécu plus de quatre ans dans ce pavillon. Une pensée étrange me traverse l'esprit. Y avait-il quelque chose de particulier entre lui et madame Oda ? Comme moi, était-il aussi amoureux d'elle et lui a-t-il avoué sa passion ? Je me répète les paroles de Ben : "Qui ne s'éprendrait pas de cette dame si sensuelle ?"

Mon portable sonne. C'est ma sœur.

— Allô, Shôta. Comment vas-tu ?

Je m'excuse de ne pas l'avoir contactée depuis quelque temps. Je lui mentionne ma thèse. Elle me félicite en ajoutant :

— Tu as vraiment de la chance de pouvoir vivre sans te soucier du loyer.

Puis elle me donne des nouvelles de nos parents qui habitent à la campagne. Leurs voitures ayant été saisies, ils prennent les transports en commun pour se rendre au centre-ville. Elle poursuit :

— Maman travaille déjà dans le centre d'appels du magasin S. comme conseillère. Elle aura bientôt soixante-deux ans. J'admire sa vitalité.

— Et papa, comment va-t-il ?

— Il a encore besoin de temps pour se remettre en forme, je veux dire “psychologiquement”. La faillite, c’est dur. Je le plains mais souhaite qu’il reste au moins physiquement actif. Maman l’encourage à cultiver des légumes dans le jardin du chalet.

Je l’écoute en silence, sans savoir que dire. Puis lui demande :

— Et notre frère ?

— Il va très bien, il est très occupé par son propre cabinet de comptabilité. Il a enfin cessé de critiquer ton choix d’études.

— Ah bon ? Sais-tu pourquoi ?

— Parce que tu es financièrement autonome. Il imagine qu’après ta licence, tu enseigneras dans un lycée ou un collège.

Je l’interromps :

— Je compte poursuivre mes études.

— Jusqu’à quel niveau ?

— Jusqu’au doctorat.

Ma sœur se tait. Je lui mentionne la proposition du professeur M. Elle s’exclame :

— Alors tu deviendras un professeur titulaire à l’université !

— Le chemin sera long et ça me coûtera cher. J’aimerais bien toutefois éviter le prêt étudiant. Je demanderai une bourse, si c’est nécessaire.

— Très bien ! Je rapporterai cela à nos parents. Ils seront ravis, surtout papa.

Puis elle m’annonce :

— Je te verrai bientôt.

— Où ça ?

— À Kamakura, bien sûr ! Tu voulais me montrer le pavillon et me présenter au couple Oda. Tu as donné au médecin mes coordonnées en cas d'urgence, n'est-ce pas ? J'ai hâte de voir ta piaule !

Je ne réagis pas. Je ne suis plus enthousiaste à l'idée d'inviter quiconque ici. Ma sœur m'interroge :

— Quand cela vous conviendrait-il, à toi et à eux ?

Je lui réponds qu'elle pourra voir les Oda un week-end, en matinée. Je la préviens que je dois quitter Kamakura à une heure et demie pour aller travailler. Ma sœur doit percevoir quelque chose de négatif dans mon ton. Elle m'interrompt :

— Papa et maman pensent à toi. C'est eux qui insistent pour que je te rende visite, car ils ne sont pas en mesure de voyager pour le moment.

Je regarde mon calendrier. Cette semaine, je suis occupé par la préparation de mes examens. Je lui suggère :

— Viens dimanche dans quinze jours.

— D'accord, Shôta. Je t'apporterai des cadeaux et t'inviterai à déjeuner dans un restaurant.

Nous sommes vendredi. Je viens de terminer mon dernier cours de cette session. Très fatigué, j'aimerais bien retourner tout de suite chez moi et me coucher. Mais ce soir je dois travailler à la librairie jusqu'à neuf heures.

Ma montre indique quatre heures cinq. C'est un peu tôt pour prendre le train. Las, j'entre dans la cafétéria, où il ne reste que quelques étudiants. Les employés nettoient la cuisine et l'un d'eux commence à clore le service. Déçu, j'achète un café dans un distributeur automatique.

Installé à une table, je sors de mon sac un roman déniché hier dans une boutique de livres d'occasion. *Un amour de midi*. C'est une histoire légère d'un écrivain populaire. J'ai choisi ce livre car j'ai été attiré par le titre et l'image d'une femme mystérieuse sur la couverture. Elle porte un kimono aux motifs de fleurs d'hortensia sur un fond vert clair. Son regard langoureux et les couleurs pastel me font penser à madame Oda.

Ce soir, la famille Oda et Nami viennent à Kamakura. Je ne serai de retour qu'après neuf heures. Si je les vois, ce sera demain dans la matinée. Pourtant, je n'oserai probablement pas sortir exprès pour les saluer. Surtout monsieur Oda. Je lui parle intérieurement : "J'aime votre femme. Ça vous dérange ?"

— Shôta !

Je me retourne. Ben se tient debout à quelques pas de moi. Un mois déjà s'est écoulé depuis sa visite au pavillon. Il plaisante :

— Es-tu sourd ? Je t'ai appelé trois fois.

Je réponds en bâillant :

— Excuse-moi, j'ai tellement sommeil aujourd'hui.

Il me console :

— Ce n'est pas facile de concilier école et *arubaïto*. Mais ne t'inquiète pas, tu t'y habitueras avec le temps. Je le sais d'expérience.

— Heureusement, je suis entièrement libre les mercredis. J'en profite pour dormir tard le matin. Et toi ?

— Moi ? C'est le dimanche. Je vois ma petite amie l'après-midi.

— Et ta thèse, ça avance ? demandé-je.

— Oui, j'écris tant bien que mal, grâce à tes conseils très utiles. Et j'ai une bonne nouvelle !

Il sourit largement. Curieux, je l'interroge :

— Vous vous êtes fiancés ?

— Mais non, pas encore ! Hier j'ai reçu une offre officieuse de la compagnie T. On me propose de me nommer au siège social, ici, à Tokyo. Le salaire est plus élevé que je l'imaginais. Je débuterai dès avril, comme tout le monde.

Je le félicite. Très content, il me donne quelques détails : après six mois de formation, il visitera des succursales en Asie de l'Est. Puis il parle du restaurant où il travaillera jusqu'en mars.

— Le couple de propriétaires et leurs employés sont très sympathiques. Ils me manqueront, ainsi que la bonne nourriture gratuite.

Je comprends bien ses sentiments. Je lui demande :

— Et ton tutorat ?

— Je terminerai en mars aussi, bien sûr. Monsieur et madame Oda semblent tristes pour Kazuya qui s'est attaché à moi comme à un grand frère…

Il s'interrompt soudain, puis reprend :

— Shôta, aimerais-tu me remplacer ? Si oui, je pourrais te recommander.

— Pardon ?

Je n'ai jamais imaginé devenir le tuteur d'un enfant ou de quiconque.

— C'est gentil à toi, merci. Le salaire élevé me tente évidemment. Mais je ne suis pas sportif ni habitué à m'occuper seul d'un jeune garçon. Ton élève s'ennuiera vite avec moi. Je vais me contenter d'enseigner au *juku.* En outre…

Je me tais une seconde, sans savoir quoi ajouter exactement.

— En outre ?

Je réponds un peu hésitant :

— Je préfère ne pas trop m'impliquer auprès de la famille Oda.

— Y a-t-il un problème ?

— Non, Ben. Au contraire, ils respectent ma vie d'étudiant et me laissent tranquille. Je profite de ce pavillon si confortable sans payer de loyer. C'est déjà beaucoup.

— Je te comprends, Shôta. Je leur recommanderai quelqu'un d'autre.

— Oui, un étudiant qui en a plus besoin que nous.

C'est l'heure de partir pour la librairie. En me levant, je remets mon livre dans mon sac à dos. Ben s'exclame :

— *Un amour de midi* ?! Je ne savais pas que tu lisais des romans à l'eau de rose.

Sa remarque m'embarrasse.

— Je l'ai acheté par curiosité, dis-je. Le titre m'a attiré avec cette couverture. C'est tout.

Ben me jette un regard dubitatif.

Le réveil indique neuf heures quarante. J'ai dormi presque onze heures d'affilée. Ma fatigue accumulée depuis une semaine semble réparée. Nous sommes mercredi, je suis de repos.

Les mardis sont mes journées les plus remplies. Hier, par exemple, j'ai commencé mon premier cours à huit heures du matin et ai terminé le dernier à cinq heures de l'après-midi. J'ai aussitôt pris le train pour revenir à Kamakura. Pendant le trajet, j'ai lu un texte prescrit d'environ trente pages. Arrivé chez moi, j'ai dîné à la hâte et suis reparti à vélo pour le *juku*. Lorsque je suis revenu, il était dix heures moins dix. Après une douche rapide je me suis jeté sur mon lit.

Enfin une journée de libre ! répété-je. En m'étirant, je passe à la salle de bains et me lave le visage avec de l'eau fraîche. À droite du lavabo, il y a une petite fenêtre d'où l'on voit la haie de cèdres délimitant la propriété des voisins. Je regarde le ciel. Un temps nuageux et venteux mais pas de pluie. Peut-être que je pourrai me promener sur la plage cet après-midi. Cela fait deux semaines que je n'y suis pas allé.

Allongé à nouveau sur le lit, j'ouvre la revue *S.* que ma mère vient de m'envoyer. Je lis un article sur la lauréate du prix littéraire de cette année. Je rêve d'y soumettre mon roman *Madame Ajisaï*. Mais, en réalité, je n'ai ni le temps ni l'énergie de le poursuivre. En revanche, je tiens toujours mon journal intime, y décrivant mes sentiments envers madame Oda.

J'allume la radio. On donne la météo pour la région du Kantô : cet après-midi il y aura un grand orage au sud-ouest d'ici. Tant pis ! Après ma lecture, je pratiquerai un peu le piano dans la maison. On fait un point sur la circulation des autoroutes et rapporte un accident grave. Suit une émission de musique classique. Une voix féminine agréable annonce :

— Bonjour à nos auditeurs ! Ce matin, j'aimerais vous présenter le *Concerto pour piano n° 1* de Mendelssohn. Connaissez-vous ce grand musicien allemand ? Il a composé cette magnifique pièce à l'âge de vingt-deux ans…

Le nom m'est familier depuis mon enfance, mais je doute de pouvoir reconnaître sa musique. L'orchestre entame, rejoint après quelques mesures par le piano. Quelle vigueur ! Je me redresse, fasciné par la virtuosité du soliste. Je me sens complètement dépassé. C'est la première fois que j'entends ce morceau. Mendelssohn a donc composé ce concerto à mon âge ? Si jeune ?

Je quitte mon lit. En écoutant la musique, je prépare du café dans ma vieille cafetière. J'observe la maison par la fenêtre. Aucune chambre n'est éclairée. Madame Oda ne s'y trouve sûrement pas aujourd'hui. L'odeur de son parfum persiste en moi. "Cet événement-là" devait être accidentel, sinon un rêve. Cela ne se répétera pas. Je frémis lorsque mes lèvres se rappellent la douceur des siennes. Mon désir augmente. Je murmure : "Je vous adore… je veux vous serrer dans mes bras…" Je décide de pratiquer *Träumerei* cet après-midi.

Toc-toc. Toc-toc. Quelqu'un frappe à la porte.

Qui est-ce ? Je n'ai aperçu personne sur la propriété. Le mari de Nami est-il entré à mon insu ? Lui reste-t-il encore du travail à faire au jardin ? Si c'était le cas, sa femme m'aurait prévenu par téléphone. Un autre toc-toc se fait entendre. Je suis encore en pyjama. J'enfile mon peignoir et ouvre la porte. Madame Oda !

Je n'en crois pas mes yeux. Je rêve ? Trop excité, je ne sais comment réagir. La musique de Mendelssohn se poursuit. Madame Oda s'exclame :

— Ah ! C'est un de mes morceaux préférés !

Elle précise le nom de la pièce. Son visage lumineux m'éblouit. Elle est vêtue d'un tailleur beige clair comme sa peau. Cet après-midi, elle doit donner des cours de piano à Yokohama. Ses cheveux noirs ondulent sur ses épaules. Cela la rajeunit. Elle jette un œil sur mon peignoir. Gêné, je m'excuse :

— Pardon. Je viens de me lever.

— Non, c'est moi qui vous dérange.

— Vous ne me dérangez pas, madame Oda. Je suis ravi de vous voir.

— C'est vrai ?

— Oui, je pensais à vous en écoutant Mendelssohn. Je souhaitais même votre visite soudaine, comme l'autre fois…

Je m'étonne de mes paroles spontanées. Elle répète :

— C'est vrai ?

— Oui.

Nous nous taisons quelques secondes. Puis elle me dit tout à coup :

— Je suis venue ici uniquement pour vous voir, en espérant que vous pratiquiez le piano. Puis-je vous inviter pour un café dans l'arrière-cour ?

Je lui réponds, ému :

— Merci, madame. En fait, je viens d'en préparer. Voulez-vous m'accompagner ?

Son visage rayonne de plaisir.

— Vous êtes sûr ?

— Évidemment ! Je vais me changer tout de suite.

— Non, Shôta-*kun*, ce n'est pas la peine. Soyez confortable chez vous. Je ne resterai que quelques minutes. Je déjeune à Yokohama avec mes collègues ce midi.

Je l'invite aussitôt dans le studio. Son parfum m'étourdit. Il est presque onze heures. Il faut environ vingt minutes en train pour se rendre à Yokohama. Elle n'a qu'une demi-heure devant elle. Mon cœur bat à tout rompre.

Madame Oda observe en silence mon studio empli de livres. Je lui avance une chaise devant la table et lui sers une tasse de café. Nous buvons en échangeant quelques réflexions banales. La musique se termine et j'éteins la radio.

— Ma sœur vient ici ce dimanche matin, dis-je. Elle aimerait vous saluer avec votre mari, si cela ne vous dérange pas.

— Pas du tout ! Ça nous fera plaisir. Savez-vous vers quelle heure ?

— Vers onze heures.

— Ce sera parfait. J'en informerai mon mari.

J'ajoute que ma sœur et moi déjeunerons dans un restaurant avant que j'aille travailler. Madame Oda m'écoute, l'air songeur. Je me tais. Le silence s'installe. On n'entend que le tic-tac de l'horloge. Je veux que le temps s'arrête. Elle murmure :

— Shôta-*kun*…

— Oui ?

Elle me fixe. Je frémis sous son regard fiévreux. Je baisse la tête. Elle reprend :

— J'ai changé d'idée. Je préfère passer du temps avec vous qu'avec mes collègues. Puis-je ?

— Je vous en prie, madame !

Une seconde après, elle appelle quelqu'un sur son portable.

— C'est Sumiko. Désolée, j'ai une affaire urgente chez moi. Je ne peux pas déjeuner au restaurant. Non, non… J'arriverai sans faute pour mon cours. À tout à l'heure.

Elle range son appareil dans son sac à main.

Je ne peux plus me retenir. Je me lève de ma chaise et me tiens debout devant elle. Et cette fois, c'est moi qui caresse son visage. Elle ferme les yeux. Je me penche et superpose doucement mes lèvres aux siennes. Sa langue se met à jouer lentement avec la mienne.

Allongé nu sur le lit, je regarde en silence le dos lisse de madame Oda. Sa peau veloutée, sa taille marquée et ses hanches fermes. Elle a l'air d'une jeune fille. A-t-elle vraiment trente-cinq ans ? Sans se retourner vers moi, elle ramasse ses vêtements et son sac à main puis entre dans la salle de bains.

Je suis complètement épuisé après nos ébats intenses et passionnés. Elle m'a presque fait perdre la raison. J'ai relâché d'un coup tout mon désir contenu. Ce qui m'a exalté le plus, c'est que nos corps et émotions étaient parfaitement accordés. Comment cela se passe-t-il avec son mari ?

J'éprouve bien sûr de la culpabilité envers monsieur Oda. Mais comment résister à cette femme dont je suis si éperdument amoureux ? Je murmure : "Adultère…" J'entends ma sœur me hurler : "Tu as couché avec madame Oda ?! Si son mari le découvrait, il t'expulserait sur-le-champ. Il pourrait même te demander une indemnisation." J'entends aussi mon frère répéter en criant : "Rien n'est plus cher que ce qui est gratuit !" Je secoue la tête comme pour chasser ces voix imaginaires. Je ne veux pas penser aux conséquences. Madame Oda m'aime et je l'aime. C'est tout.

Madame Oda ressort de la salle de bains dans son tailleur beige, le visage légèrement maquillé. Elle garde ses cheveux lâchés sur les épaules. Je tente de me redresser, mais mon corps refuse de bouger. Elle me fait signe de rester couché et apporte une chaise à côté de moi. Elle s'installe et me sourit tendrement. Puis caresse ma joue :

— Merci, Shôta-*kun*. Je me sens tout à coup rajeunie, comme une adolescente.

Ma voix tremble :

— Moi, j'avais envie de pleurer de bonheur.

Elle pose ses mains sur les miennes qui sont croisées. Je balbutie :

— Mais… mais…

Elle met son index sur mes lèvres.

— Je comprends, dit-elle. Vous pensez à mon mari, n'est-ce pas ?

— Oui, naturellement.

— Ne vous inquiétez pas pour lui. Nous ne sommes plus ensemble.

Je me redresse en sursaut. Je m'assure :

— Vous allez divorcer ?

— Oui, c'est ce que nous projetons.

— Mon Dieu… Mais pourquoi ?

— Pourquoi pas ? Notre vie conjugale est terminée.

— Depuis quand ?

— Depuis un an.
— Je croyais que vous formiez une famille épanouie.
Elle répond d'un ton ironique :
— Si c'était le cas, je ne coucherais qu'avec lui. Je n'aime pas tricher.
Elle détourne son regard vers ma bibliothèque. Un grand soulagement m'envahit. Cependant, c'est encore difficile d'imaginer leur divorce.
— Qu'est-il arrivé ? demandé-je.
Madame Oda m'explique d'un seul trait :
— Mon mari a quelqu'un d'autre. Une infirmière de sa clinique. Elle n'y travaille plus mais aura un bébé dans cinq mois.
Monsieur Oda a trompé son épouse avec l'une de ses assistantes ? Ma sœur plaisante souvent au sujet des relations entre médecins mariés et infirmières célibataires.
— Votre fils est-il au courant ?
— Non, pas encore. Kazuya n'est qu'en primaire. Je ne veux pas le troubler pour l'instant. Nous attendrons jusqu'à la fin de son examen d'entrée au collège K. C'est une école prestigieuse ici, à Kamakura. Il sera admis sans problème. Votre ami Ben le soutient très bien.
Étonné, je l'interroge :
— Il n'ira pas au collège J. de Tokyo ?
— Non. Nous emménagerons ici.
— Vraiment ? Je pourrai donc vous voir tous les jours !
Elle me taquine :

— Oui, Kazuya et moi deviendrons vos voisins dès le mois de mars.

Dans quatre mois ? Cela me réjouit encore. Elle regarde sa montre :

— Il faut que je parte maintenant pour Yokohama.

Je saisis sa main. Elle m'embrasse à nouveau sur les lèvres, très légèrement. Elle se lève de sa chaise. Je la supplie :

— Revenez ici chaque mercredi.

— Oui, j'essayerai. Désormais, au lit, nous nous appellerons simplement Sumiko et Shôta.

— En nous vouvoyant ?

— Non, en nous tutoyant, d'accord ?

J'acquiesce de la tête.

Ma sœur me rend visite ce matin. Je vais la présenter aux Oda.

Je serai mal à l'aise. Bien qu'ils soient en instance de divorce, je ne veux absolument pas que monsieur Oda et son fils se doutent de ce qui se passe entre madame Oda et moi. Il faudra que je simule l'ignorance de leur situation. Je murmure : “Sumiko, Sumiko, Sumiko…” Je devrais éviter de l'appeler “madame Oda” devant les autres. Le mieux sera de ne pas lui parler.

Il est neuf heures. Après un petit-déjeuner léger, je lis le dernier numéro de la revue *S.* Hier soir, ma mère m'a dit au téléphone : “La faillite de papa affecte sûrement ta vie, mais cette épreuve stimulera ta créativité et ton imagination. N'abandonne jamais ta vocation d'écrivain !” J'ironise dans ma tête : “Oui, maman. Grâce à cette faillite, j'ai rencontré une femme qui a tout chamboulé en moi. Je comprends enfin les sentiments d'un homme follement amoureux.” Ce sera formidable si je peux gagner assez d'argent avec mes romans pour financer mes études.

Mon portable sonne. Il est presque onze heures. Ça doit être ma sœur. En réalité, c'est Saya.

— Bonjour, Shôta ! Je suis à Kamakura.

Elle se promène avec sa petite nièce. Elle me propose de pique-niquer tous les trois vers midi. Elle apportera la nourriture, ajoute-t-elle. Je la remercie mais lui précise que j'attends ma sœur et que nous allons au restaurant. Saya nous souhaite gentiment de bonnes retrouvailles. Je réfléchis un instant. Lorsqu'elle me contacte, il y a toujours une nouvelle, bonne ou mauvaise. Je l'interroge :

— Quoi de neuf ? Ça va bien pour toi ?

— Oui, tout va très bien. En fait, je pensais te donner des nouvelles de H.

H. ? J'avais complètement oublié son copain, disparu après le rejet de sa thèse de doctorat. Je lui demande :

— Où est-il ?

— Toujours à Tokyo. Il est réapparu sain et sauf.

— Quel soulagement pour ses parents ! m'exclamé-je.

— Tout à fait.

Je reprends en hésitant :

— Va-t-il essayer d'écrire une autre thèse ?

— Non, il a renoncé.

— Ça signifie qu'il abandonne les études ?

— Oui, il a quitté l'université. Il vient d'accepter un poste à la revue *S*.

Cela m'étonne. Mon regard glisse sur l'exemplaire devant moi.

— Il est désormais éditeur ?

— Oui, dans la section critique littéraire. C'est moi qui lui ai indiqué cette offre d'emploi dans un journal.

Je l'écoute, intrigué. Selon elle, la revue *S.* cherchait quelqu'un faisant un doctorat en littérature. Le salaire semblait très bon. Quand elle lui a montré cette annonce, H. n'était pas enthousiaste : "Réputée ou non, *S.* est commerciale. Je ne vais pas monnayer mon savoir académique."

— H. m'a l'air bien orgueilleux, commenté-je. Comment l'as-tu convaincu ?

Elle explique d'un ton fier :

— J'ai souligné que leurs critiques traitaient sérieusement la littérature classique et ne cherchaient pas à flatter les lecteurs. J'ai insisté pour qu'il postule au moins. Et voilà !

Saya me quitte de bonne humeur. Je suis troublé par l'expression "monnayer mon savoir académique".

Mon portable sonne de nouveau. Ma sœur m'informe de son arrivée. Je sors à la hâte pour l'accueillir au portail.

Ma sœur porte une valise de voyage. Je la taquine :

— Tu pars à l'étranger ?

— Laisse-moi d'abord la vider, frangin !

Elle entre dans le pavillon. Elle observe mon studio avec admiration et prend des photos pour les montrer à nos parents. Elle me demande :

— Peux-tu inviter tes amis ici ?

— Oui, mais je n'ai pas le temps. Je ne les ai reçus qu'une fois.

— C'est dur d'étudier en travaillant. Quand mes affaires seront stabilisées, je pourrai t'aider un peu.

— Ne t'inquiète pas pour moi, grande sœur. Si les choses ne marchent pas pour moi, je pourrai devenir prof de collège ou de lycée.

Elle réfute :

— Il ne faut pas être "demoshika-*sensei*" !

— "Demoshika-*sensei*" ? C'est quoi ça ?

— Tu ne connais pas ? Maman utilise souvent cette expression qui était populaire après la

Seconde Guerre mondiale alors qu'on manquait d'enseignants. On se moquait de ceux qui exerçaient ce métier parce qu'ils n'avaient pas d'autre choix. Shôta, tu as un tempérament universitaire. Continue dans cette voie.

— J'aime bien enseigner au *juku.*

— C'est parce que tu n'as pas de responsabilités en dehors de tes cours.

Elle ouvre enfin sa valise qui est remplie de nourriture, de livres de poche et de revues littéraires.

— Tout ça pour moi ?

— Bien sûr ! Maman les a achetés malgré son budget limité.

Elle téléphone à nos parents pour les informer de son arrivée. Puis elle me passe son portable et je remercie notre mère pour ses présents. Maman s'écrie :

— J'ai hâte de voir ton premier roman dans la revue *S.* !

Ma sœur pouffe :

— Quelle rêveuse !

J'appelle Nami pour lui demander si je peux venir maintenant présenter ma sœur aux Oda. La gouvernante s'enquiert auprès de monsieur Oda et me répond que la famille nous attend avec plaisir. Nous sortons. Ma sœur leur apporte une boîte de itokiri-mochi, un délicieux gâteau, une spécialité de notre ville natale.

Nami nous ouvre et nous invite au salon où les Oda nous accueillent. Ma sœur offre son présent à madame Oda et elles échangent amicalement quelques paroles. Nous nous installons en vis-à-vis autour de la table basse et Nami nous sert des tasses de thé. Kazuya reste à côté de sa mère. Ma sœur observe le piano à queue brun et interroge le garçon :

— C'est toi qui joues ?

— Non, madame.

Son père l'interrompt :

— Ma femme est une grande musicienne.

Madame Oda réagit, gênée :

— Tu exagères, mon chéri.

Les expressions "ma femme" et "mon chéri" me piquent le cœur. Je détourne un instant les yeux vers la fenêtre. Les deux se comportent comme un couple normal. Ma sœur dit à Kazuya :

— Mon frère pratiquait beaucoup le piano quand il avait ton âge. Il a un talent inné. C'est dommage qu'il n'ait pas continué.

Madame Oda la corrige :

— Non, Shôta-*kun* a recommencé. Je le pousse à utiliser mon piano que je ne touche que les week-ends.

Ma sœur se tourne vers moi :

— Quelle surprise ! Je ne t'ai pas entendu depuis des années.

— Maman m'a récemment envoyé mes vieilles partitions. Je reprends plaisir à jouer.

— Ah bon ? Tu es gâté. Tu habites ce magnifique endroit, et tu es autorisé à te servir d'un aussi bel instrument.

Elle me parle d'un ton maternel. Nami la regarde en souriant.

Quelques minutes après, Kazuya sort pour jouer avec le garçon des voisins. Monsieur Oda questionne ma sœur :

— Vous êtes avocate, n'est-ce pas ?

— Oui, en effet.

Elle lui explique qu'elle vient d'ouvrir son propre cabinet et qu'elle a deux assistants.

Le médecin l'écoute d'un air impressionné.

— Dans quel domaine vous spécialisez-vous ?

— Je traite les affaires civiles, principalement des successions et des divorces…

Ma sœur ignorant la situation réelle de ce couple prononce "divorce" sans détour. Je crains qu'elle ne plaisante à propos des liaisons entre médecins et infirmières. Je regarde sans cesse ma montre. Lorsque leur conversation se suspend un instant, je souffle à ma sœur :

— C'est l'heure d'aller déjeuner.

Elle se lève enfin et remercie à nouveau les Oda et Nami.

Nous revenons dans le pavillon où ma sœur ramasse sa valise vide. Puis nous ressortons. Après notre repas, nous prendrons le même train, moi jusqu'à Yokosuka pour me rendre au travail, et elle à Tokyo pour rencontrer une amie de lycée.

En marchant, ma sœur plaisante :

— Le docteur Oda est vraiment un beau gentleman. Les infirmières doivent se pâmer d'admiration devant lui.

— Peut-être…

— Pourtant, il doit aussi être ébloui par sa femme si belle et charmante. J'imagine que des hommes perdent la tête.

— Je ne sais pas…

Quelques pas plus loin, elle reprend :

— Madame Oda porte un parfum très raffiné.

— Ah bon ?

— J'ai vaguement l'impression d'avoir perçu la même odeur dans ton studio. Est-ce seulement mon imagination ?

Chaque mercredi matin, j'attends Sumiko avec impatience. Elle arrive au pavillon vers dix heures et repart à midi. Elle ne se parfume plus quand elle vient.

Nos rendez-vous amoureux passent à toute vitesse. Je veux profiter de chaque seconde. Mon désir est intense. Dès son entrée dans mon studio, je la déshabille en l'embrassant sur le visage, la nuque, les seins. Au début, je me comportais très gauchement mais, guidé par elle, je me suis beaucoup amélioré. Nos ébats sont passionnés et nous atteignons en même temps l'orgasme. J'ai chaque fois des larmes de ravissement. Lorsqu'elle est indisposée, elle caresse mon sexe avec ses mains et sa bouche jusqu'à l'éjaculation.

Sumiko murmure :

— Je n'ai jamais ressenti autant de plaisir. Nos corps semblent faits l'un pour l'autre.

Je la supplie :

— Ne couche avec personne d'autre que moi. Je t'appartiens totalement. Je supporte difficilement que tu habites encore sous le même toit que monsieur Oda.

— Patience, Shôta. Ce n'est qu'une question de mois. J'emménagerai ici avec Kazuya dès la fin de son primaire.

— Et Nami ?

— Elle nous suivra, de même que son mari.

— Mais où vont-ils vivre ?

— Ils ont un petit chalet à Kamakura où ils passent les week-ends.

— Je ne savais pas…

— C'est un héritage de mes grands-parents paternels. Ils ont été leurs domestiques fidèles pendant des années. Comme j'ai perdu mes parents lorsque j'étais encore petite, j'ai été élevée avec leurs enfants. Je suis très attachée à cette famille.

— Nami et son mari sont au courant de l'adultère de monsieur Oda ?

— Oui, cela a été évoqué. Ils sont très discrets et ne portent aucun jugement.

— Et de notre relation ?

— Non. Néanmoins, ils doivent s'en douter, surtout Nami qui est perspicace.

— Cela me gêne…

— Ne t'inquiète pas, Shôta. Ce couple ne dévoile jamais rien de nos affaires familiales.

— Quand même…

Je me tais, ébranlé. Elle tente de me calmer. J'aimerais bien lui poser plus de questions, notamment sur mon prédécesseur qui a vécu ici plus de quatre ans. Mais je renonce pour ne pas perdre davantage de temps.

Sumiko m'encourage :

— L'important est que nous nous aimons et que nous ne dérangeons personne. Concentre-toi sur tes études. C'est le meilleur cadeau que tu puisses m'offrir.

Je reste silencieux, jaloux de ce prédécesseur qui a réussi à entrer dans une prestigieuse université américaine.

Sumiko, Sumiko… Je pense sans cesse à elle, où que je sois : pendant mes cours, au travail, dans le train, dans la rue. Je me noie dans mon amour. Les hommes me semblent plus sensibles et fragiles que les femmes, perdant la tête, abandonnant tout, métier, études, famille… allant même parfois jusqu'au suicide. Comment survivrai-je à ce mal mortel ?

Les vacances d'hiver ont commencé hier.

Je n'ai pas à aller à Tokyo pendant deux semaines. En revanche, je travaille tous les jours à la librairie entre neuf heures et dix-sept heures, sauf les mercredis. Quant au *juku*, mes horaires ne changent pas : les mardis et jeudis entre dix-neuf heures et vingt et une heures trente.

Je suis plus occupé physiquement mais moins intellectuellement. J'ai déjà présenté ma thèse intitulée "La limite des romans autobiographiques". Pour mes cours de maîtrise qui débutent en avril, je suis exempté des examens en tant qu'étudiant recommandé. Je n'ai donc plus qu'à passer une entrevue avec un éventuel directeur de thèse. Il ne me reste qu'à économiser pour les droits de scolarité. J'espère que je n'aurai pas à demander un prêt étudiant ou une bourse.

Mon roman *Madame Ajisaï* n'avance toujours pas, alors que je continue mon journal intime avec enthousiasme. Un manque d'imagination pour la fiction mais un débordement de sensations dans ma vie amoureuse. Je pratique *Träumerei* de Schumann au piano, une fois par semaine au moins.

Sumiko donnera des cours de piano à Yokohama, sauf pendant les fêtes. Elle viendra me voir le dernier mercredi avant la fin de l'année. Comme leur fils participe à des activités sportives à Tokyo durant les vacances, les Oda ne séjourneront pas ici, à Kamakura. Je compte passer le Nouvel An avec ma famille à Ôtsu.

Je n'ai pas l'occasion de voir Ben et Saya mais nous communiquons de temps à autre par téléphone. Ben est aussi très pris par ses boulots pendant cette période. Il attend avec impatience d'entrer dans l'entreprise T. au printemps. Il poursuit son tutorat avec Kazuya. Il évoque ses parents sans savoir qu'ils sont en instance de divorce.

L'autre jour, Ben m'a demandé :

— Croises-tu les Oda pendant les week-ends ?

— Mais non ! Je t'ai déjà dit que je partais tôt le matin et rentrais tard le soir.

Il s'est écrié :

— C'est dommage, Shôta !

— Pourquoi ?

— Je trouve que madame Oda devient de plus en plus belle et sensuelle. Elle vaut la peine d'être vue !

Je n'ai pas réagi, ne sachant que dire.

Quant à Saya, elle m'a récemment expliqué ce que son ami H. fait à la revue *S.* Il semble avoir du mal à s'adapter à ce travail. Saya a une connaissance là-bas. Selon ce dernier, les collègues de H.

sont plus jeunes que lui, mais très compétents vu qu'ils exercent ce métier depuis la fin de leur licence. Naturellement, H. a beaucoup de choses à apprendre d'eux, ce qu'il ne supporte pas. Saya a conclu :

— H. est trop fier de ses études supérieures.

— Tu penses qu'il quittera éventuellement la revue *S.* ?

— Probablement pas. Il est endetté jusqu'au cou à cause de ses prêts étudiant. Une somme énorme accumulée depuis sa maîtrise. Il a vraiment besoin d'argent.

Je l'ai écoutée, tout en me trouvant très chanceux.

Nous sommes le 3 janvier. Mes cours recommencent dans cinq jours.

Je viens de revenir d'Ôtsu, où j'ai fêté le Nouvel An avec ma famille. Demain, je dois travailler à la librairie puis au *juku*.

J'ai beaucoup dormi chez mes parents, au chalet. Cela m'a fait étrange de ne plus pouvoir séjourner dans notre ancienne maison, où j'ai grandi et vécu jusqu'à la fin du lycée. Mon père m'a semblé aller un peu mieux que je ne m'y attendais. Ma mère m'a gâté avec des plats délicieux. Hier, j'ai revu toute ma famille et nous avons dégusté l'*osechi-ryôri* ensemble.

Maman m'a interpellé devant tout le monde :

— Shôta, tu dors presque toute la journée. Tu dois être vraiment épuisé par le cumul des cours et du travail. Je crains que tu n'aies même pas le temps d'avoir de petite amie.

Ma sœur lui a jeté un regard coquin :

— Ne t'inquiète pas pour lui, maman. Il étudie sérieusement tout en gagnant sa vie. Il ne dépend plus de personne. C'est ce qui compte à son âge.

Mon père m'a félicité :

— Je suis fier de toi. Bonne chance à toi, monsieur le futur professeur d'université.

Mon frère a commenté avec une pointe d'ironie :

— Ce sera un long chemin. Les droits de scolarité sont élevés jusqu'à la fin du doctorat. Monsieur Oda a l'air très généreux. J'espère que Shôta pourra y rester jusqu'à la fin de ses études.

J'ai précisé malgré moi :

— La résidence secondaire de Kamakura appartient à madame Oda. Elle l'a héritée de ses grands-parents.

— Ah bon ? a-t-il rétorqué, un peu étonné.

Ma sœur m'a jeté un regard significatif. Et, lorsque nous nous sommes retrouvés seuls, elle m'a talonné :

— Tu peux avoir beaucoup de copines. Mais je t'avertis de ne pas t'engager dans une relation avec une femme mariée. Si son époux le découvre, il sera en droit de vous demander une indemnité à tous les deux.

J'ai répondu sans ambages :

— Tu parles de madame Oda, par exemple ?

— Bien sûr que oui.

— Monsieur Oda a une amante qui porte son enfant. Lui et sa femme sont en train de divorcer.

— Vraiment ?! s'est-elle exclamée. Le couple m'a pourtant semblé bien assorti et stable. Tu aurais dû m'informer avant de me les présenter. Hélas ! J'ai prononcé "divorce" trop légèrement.

— Ne t'en fais pas. C'est ton métier, après tout.

Elle s'est tue un instant puis m'a interrogé :

— Tu aimes madame Oda ?

— Oui, ai-je répondu honnêtement.

Les yeux écarquillés, elle m'a fixé deux secondes. Elle ne m'a plus questionné.

La nuit tombe. Il est presque huit heures. Je défais ma valise. Ma mère l'a chargée de mets et de provisions. Je les dépose dans les placards et le réfrigérateur. Il règne une tranquillité totale. Bien que je sois content de revenir ici, je me sens un peu vide après avoir passé une soirée animée en famille. En fait, je planifiais initialement de quitter Ôtsu demain tôt dans la matinée pour me rendre directement à la librairie de Yokosuka. Mais j'ai finalement avancé mon retour.

Par la fenêtre de la cuisine, j'observe la maison d'à-côté plongée dans le noir. Mercredi dernier, Sumiko m'a dit qu'elle resterait à Tokyo avec sa famille durant les trois premiers jours de l'année, donc jusqu'à aujourd'hui. "Sumiko... Sumiko...", murmuré-je. J'ai vraiment une forte envie de l'embrasser. Ah, si elle pouvait être avec moi maintenant !

Il est déjà neuf heures et demie. Je prends une douche rapide. Puis, installé dans mon fauteuil, je commence à lire un magazine que je viens d'acheter dans un kiosque.

Toc-toc, toc-toc…

Quelqu'un frappe à la porte.

Sumiko se tient debout dans le noir avec une petite valise. La neige poudreuse tombe tranquillement. Elle me salue joyeusement :

— Bonne année, Shôta !

Je ne vois pas sa voiture. Elle m'explique qu'elle est venue en taxi depuis le chalet de Nami et son mari. Je la guide dans mon studio et l'aide à retirer son manteau. Elle porte des vêtements ordinaires : un pull et un pantalon.

— Je rêvais de ta visite ce soir, dis-je.

Elle m'adresse un sourire ravi :

— Je ne peux pas m'empêcher de penser à toi et…

Avant qu'elle ne termine sa phrase, je me mets à l'embrasser follement. Elle s'abandonne dans mes bras.

— N'arrête pas… Shôta… Serre-moi fort, plus fort…

Je la soulève et la dépose sur le lit. Allongée sur le dos, elle me regarde tendrement. J'ôte mon pyjama à la hâte et la déshabille en projetant ses vêtements par terre. Nue, elle me caresse et je continue de l'embrasser. Trop excité, je ne peux plus me contenir et elle non plus. Nous venons de concert. Je halète. Nous restons immobiles longtemps.

— Puis-je dormir ici avec toi ce soir ? demande-t-elle.

— Bien sûr ! Quel bonheur ! Ce sera notre première nuit !

Aussitôt, Sumiko va dans sa maison se doucher et changer de vêtements.

Il neige toujours. Je l'attends en préparant une tisane. Il est dix heures et demie. Demain matin, je dois être à la librairie à neuf heures, et elle à Yokohama pour donner des cours de piano dans l'après-midi. Ah, si je pouvais passer toute la matinée avec elle !

Elle revient. Je l'aide à enlever son manteau. Elle porte une chemise de nuit rose pâle transparente, qui m'excite à nouveau. Je lui fais signe de s'asseoir à la table et lui sers une tasse.

Elle parle de Nami et son mari.

— J'ai dîné avec eux. Ils m'ont proposé de dormir là-bas, ne voulant pas que je sois seule ici. Mais j'ai préféré ma maison et suis venue en taxi. Je ne savais pas que tu serais déjà de retour. Imagine mon ravissement lorsque j'ai vu les fenêtres éclairées.

Je caresse sa main en lui disant que, plus tôt cet après-midi, j'ai soudain changé d'avis car moi aussi je voulais dormir ici ce soir. Elle me jette un regard espiègle :

— Nous devons être en symbiose.

“Symbiose” m’enchante. Je lui demande :

— Où sont monsieur Oda et Kazuya-*kun* ?

— Mon mari est chez son amante, et Kazuya chez un cousin du côté de son père.

Cela me dérange qu’elle appelle encore monsieur Oda “mon mari”. J’ai vraiment hâte que leur divorce soit officiel.

Le réveil indique onze heures quinze. Sumiko me propose :

— Allons dormir maintenant. Tu dois te lever tôt demain.

Elle va aux toilettes. Je débarrasse la table et nettoie les tasses. Lorsque je fais “notre lit”, une question qui me rongeait depuis quelque temps me revient à l’esprit.

Lorsqu'elle réapparaît, je lui demande :

— Pourquoi m'as-tu accepté comme house-sitter, avant même de me rencontrer ?

— Pardon ?

Sumiko me fixe, très étonnée. Je reprends :

— D'après Ben, il t'a montré une photo de moi sur son portable et tu as tout de suite décidé de m'engager.

Elle semble déconcertée. Je m'excuse :

— Désolé si cette question t'ennuie, mais j'étais curieux de savoir pourquoi.

Son regard se perd dans le vague. Elle répond en hésitant :

— Ton visage… m'a évoqué un ami précieux.

Je suis déçu. J'aurais aimé qu'elle dise "tu m'as attirée", comme l'imaginait Ben. Et que signifie "un ami précieux" ? Est-ce l'un de ses amants qu'elle espère revoir ? Suis-je son remplaçant ? Soudain, je suis submergé par la jalousie.

— Que devient-il ?

— Je ne sais pas. Il est porté disparu depuis six ans.

— Disparu ?!

— Possiblement mort noyé.

— Mon Dieu…

— Il canotait seul par mauvais temps pour rejoindre l'île d'Enoshima. Sa barque a dû être renversée par une lame de fond. Ça s'est produit pendant l'hiver, comme la tragédie de 1910.

Je tremble en imaginant la froideur de l'eau. Dans ma tête tourne la mélodie de la fameuse chanson dédiée aux victimes. Je réentends la voix merveilleuse de Sumiko la chantant sur mon accompagnement de piano.

— Quel âge avait-il lors de l'accident ?

— Vingt-neuf ans.

— Que faisait-il ?

— Il écrivait des romans tout en travaillant dans un café. Il avait obtenu un doctorat en France.

Roman, café, doctorat, France… Ma curiosité augmente.

— En quoi s'était-il spécialisé ?

— En littérature française.

— Il ne voulait pas enseigner à l'université ?

— Si, mais il ne trouvait pas de poste, même en tant que chargé de cours. En fait, le kyôju de son ancienne université l'avait fortement recommandé comme jokyô et le directeur était d'accord. Malheureusement, ce dernier était subitement décédé d'une crise cardiaque.

Je suis sous le choc. Un tel retournement pourrait bien m'arriver aussi. Sumiko continue à parler de son "ami précieux". Je bégaye :

— Était… était-il ton…

— Tu voudrais dire “mon amant” ?

Je hoche la tête timidement. Sumiko répond d’un ton un peu indécis :

— Je n’avais aucune relation physique avec lui. Comme je te l’ai déjà dit, je ne commets pas d’adultère.

— Pourtant, tu l’aimais…

— Oui, beaucoup. Tout a changé en moi depuis sa disparition. Cela a affecté ma vie conjugale avec Oda.

C’est la première fois qu’elle appelle son mari par le patronyme “Oda”. Cette appellation m’est inattendue, mais me tend moins que “mon mari”.

— Monsieur Oda le connaissait ?

— Oui, depuis le collège.

— Tu étais donc amoureuse… d’un ami de ton mari.

C’est maintenant moi qui prononce le mot “mari”. Elle me dévisage :

— J’arrête d’en parler, Shôta. Je dormirai dans ma maison.

Elle se lève de la chaise. Je saisis sa main :

— Non, reste ici, s’il te plaît. Raconte-moi ton passé avec l’homme que tu as aimé et aimes peut-être encore. Sinon, je me tourmenterai inutilement.

Ma voix frémit. Je colle ma tête contre sa poitrine. J’ai envie de pleurer. Elle caresse mes cheveux et murmure :

— D’accord…

Elle se tait quelques secondes, puis reprend :

— Tu es la première personne à qui je confie ce secret.

J'écoute son histoire, en fixant le plafond.

Shôta, je dois d'abord te parler d'Oda.

Nous nous sommes rencontrés dans un club de danse de salon. Un jour, Oda m'a abordée et m'a invitée à dîner. Il avait l'air attentionné en plus d'être beau garçon et excellent danseur. J'ai accepté de le fréquenter. J'enseignais le piano à Yokohama et lui était en cinquième année de médecine. Ses parents, médecins eux aussi, tenaient la clinique où il travaille actuellement et il était prévu qu'il leur succéderait.

Six mois plus tard, nous nous sommes mariés et avons commencé par habiter avec ses parents. Assez vite, je suis tombée enceinte. Lorsque Kazuya est né, mon grand-père m'a offert cette maison. Oda était constamment pris par ses études. Je devais à tout prix ne pas le déranger et cela me pesait. À part ça, je n'avais à me plaindre de rien.

À la fin de sa sixième année de médecine, Oda a réussi l'examen national. Tout allait bien pour lui. Kazuya avait presque un an et j'étais censée reprendre le travail en avril.

Pendant ses courtes vacances, peu avant son internat, Oda m'a suggéré d'organiser dans le jardin de ma maison, ici même, un barbecue pour nos amis célibataires. Une sorte de gôkon. *Cette idée m'a amusée. Nous avons décidé d'inviter quatre hommes de son côté et quatre femmes du mien. J'avais déjà rencontré tous ses amis, sauf un, Kitano.*

Le barbecue a eu lieu le dernier dimanche de mars. Il ne faisait pas froid mais un peu nuageux. Vers midi, nos invités arrivèrent l'un après l'autre, apportant chacun un présent. Tout le monde félicitait Oda pour sa réussite à l'examen national.

Kitano a tout de suite attiré mon attention. Je lui ai posé des questions sur ce qu'il faisait. Il m'a expliqué qu'il venait de terminer ses cours de maîtrise en littérature française à l'université N. de Kyoto. Il était supposé faire un doctorat en France, subventionné par le gouvernement français. Il parlait calmement. C'était un homme en retrait et modeste. Je le trouvais très différent d'Oda, extraverti et sociable. Je lui ai demandé par curiosité :

— Qu'allez-vous faire après votre doctorat ?

— Je vais enseigner à l'université N. Le directeur m'a promis de m'embaucher comme professeur adjoint.

— Quelle chance ! Mon mari m'a dit que c'était très difficile pour les docteurs en lettres d'obtenir un poste.

— Il a raison. En effet, j'ai de la chance.

Kitano a ajouté qu'il partirait à Paris en août et que, jusque-là, il travaillerait pour payer les frais du voyage. Il séjournait chez ses parents à Yokohama.

Oda a crié :

— Mesdemoiselles et messieurs, je demande votre attention !

Tout le monde s'est rassemblé devant lui. Oda a présenté ses amis, et moi les miennes. Puis il leur a parlé avec fierté de moi et de notre fils, et a déclaré qu'il n'avait jamais regretté de fonder une famille alors qu'il était encore étudiant. Il a vanté mon talent pour la musique et j'ai dû l'arrêter. Un de ses amis l'a taquiné :

— As-tu organisé cette fête pour étaler les mérites de ta femme ? Merci !

Tout le monde a ri. On bavardait librement dans une ambiance détendue. Oda et moi faisions sans cesse le tour de l'assemblée en servant la nourriture. Certains semblaient très excités, entrevoyant un futur partenaire.

Kitano discutait de quelque chose avec mon amie D., qui est polyglotte. Son allure posée me plaisait et j'éprouvais une sensation douce. À un moment donné, il a aperçu mon regard et m'a fixée. Gênée, j'ai baissé la tête. À mon insu, Oda se tenait derrière moi. Il a chuchoté à mon oreille :

— Je trouve que Kitano et ton amie D. vont bien ensemble.

Ce commentaire m'a rendue triste, et déconcertée aussi. "Comment cela ? Suis-je jalouse de D. ? Suis-je tombée amoureuse de l'ami de mon mari ?" J'aimais bien Oda et j'étais satisfaite de notre vie aisée. Néanmoins, je sentais qu'il manquait quelque chose de fondamental entre nous.

Quelqu'un a crié en pointant la mer :

— La pluie arrive !

Nous avons regardé derrière l'île d'Enoshima le ciel couvert de nuages noirs. Un gros orage approchait à vue d'œil. Heureusement, nous avions presque terminé le repas. Oda a prié tout le monde d'entrer dans le pavillon.

À peine étions-nous à l'intérieur que des trombes d'eau se sont abattues sur le jardin. Les bourrasques faisaient trembler bruyamment les fenêtres, déjà toutes ruisselantes. Après plusieurs éclairs, la foudre est tombée tout près dans un fracas assourdissant. L'orage a duré encore quelques minutes.

Oda et moi préparions le café dans la cuisine. Je regardais de temps en temps la maison où Nami s'occupait de notre fils. Les arbres occultant le balcon de l'arrière-cour étaient violemment secoués. Quelle tempête… Je restai distraite quelques instants. Le café était prêt. En le servant, j'ai aperçu D. parler joyeusement avec Kitano. Celui-ci m'a jeté un regard fiévreux.

Bientôt, l'orage s'est calmé. Oda a mis un CD de valses puis a proposé à nos invités de danser. Il a aussitôt pris mes mains pour donner l'exemple. Il a fièrement déclaré :

— J'ai rencontré ma femme dans un club de danse de salon ! Ça a été le coup de foudre !

Nos invités nous ont applaudis en riant et nous ont rejoints. On dansait en changeant de partenaire. Toujours de bonne humeur, Oda guidait habilement chaque demoiselle. Quand j'ai formé un duo avec Kitano, mon corps s'est embrasé. Nous cadencions nos pas sans échanger un mot. J'ai su que nous nous attirions déjà irrésistiblement, comme des aimants…

Sumiko s'interrompt. Je regarde son profil. Elle cligne des yeux comme si elle réfléchissait.

— J'écoute, dis-je.

Après un long silence, elle poursuit son histoire.

En avril, je suis retournée à l'institut de musique à Yokohama. Oda a commencé son premier internat dans un hôpital de Tokyo. Pour notre fils, c'était le début de la crèche. Cela m'a pris du temps pour m'adapter à mes nouveaux horaires. Malgré tout, je pensais à Kitano, espérant le revoir au moins une fois avant son départ pour la France.

Un mois après le barbecue, Oda m'a dit que Kitano travaillait pour la maison d'édition Y., à Yokohama. Il s'agissait d'un emploi temporaire. Puis Oda m'a suggéré de l'inviter à dîner avec mon amie D. Il était encore enthousiaste à l'idée de les mettre ensemble. Je m'y suis nettement opposée : "Non ! Je veux passer mon temps libre avec Kazuya." Ma forte réaction l'a étonné. En fait, j'avais peur qu'Oda et mon amie sentent quelque chose d'inhabituel entre Kitano et moi.

Et, un mercredi de juin, j'ai croisé Kitano par hasard dans une librairie devant la gare de Yokohama. Je venais de terminer ma dernière leçon de musique. Ces retrouvailles m'ont vraiment enchantée. Il m'a proposé de prendre un café et j'ai accepté sans hésiter.

Il pleuvait légèrement. Nous nous sommes engagés dans une ruelle étroite. Nous marchions blottis l'un contre l'autre sous son parapluie. Il n'a pas posé de questions sur Oda ni sur mon amie D. Me tutoyant, il me parlait de son emploi temporaire qui consistait à traduire des textes français en japonais. Il ne lui restait que deux mois avant son départ pour Paris. Nous sommes entrés dans un petit café un peu à l'écart.

Kitano m'a demandé :

— Ça ne te fatigue pas de faire tous ces allers-retours entre Tokyo et Yokohama ?

— Non, pas du tout. Au contraire, je me détends dans le train en écoutant de la musique ou en lisant.

— Tu aimes la littérature ?

— Oui, beaucoup, surtout les romans russes. Je viens de lire *Anna Karénine* de Tolstoï.

Son regard s'est illuminé. Il m'a dit l'avoir lu en français et a encensé ce grand écrivain. Nous avons discuté d'autres œuvres de ce génie. À la fin, il m'a déclaré :

— Je rêve de devenir romancier.

Je l'ai taquiné :

— Tu n'as pas besoin d'en rêver. Tu n'as qu'à écrire.

Il a ri et a ajouté :

— À vrai dire, j'ai récemment commencé une fiction. Une histoire d'amour.

— As-tu choisi un titre ?

— *Oui,* Les Larmes de l'hortensia.

— *Quel joli titre ! J'ai hâte de le lire. Je serai ta première lectrice, d'accord ?*

— *Oui, c'est promis. Mais il faudra être patiente.*

— *Comment as-tu décidé de ce titre ?*

— *En pensant à toi. Tu m'évoques cette belle fleur.*

Il me regardait tendrement. Gênée, j'ai baissé la tête.

Je devais aller à la crèche chercher mon fils. Nous avions passé une heure ensemble. Kitano m'a dit :

— *Je serai ici chaque mercredi, à la même heure.*

Nous nous sommes quittés sans échanger nos numéros de téléphone.

Ce jour-là, je n'écoutai pas de musique ni ne lus dans le train. Je réfléchissais à la tragédie d'Anna Karénine, une dame noble, mariée et mère, tombée amoureuse d'un officier. Qui finit par mettre fin à sa vie. Je pensais : "Pour Anna, l'enjeu n'était pas le divorce. C'était d'être privée de son fils. Si elle n'avait pas eu d'enfant, sa vie ne se serait pas terminée ainsi..."

À cette époque-là, Kazuya avait un an et deux mois. Si j'avais entretenu une relation adultère avec quiconque, Oda aurait tout fait pour avoir la garde de notre fils et m'aurait même empêchée de le voir. Je n'aurais pas supporté que mon bébé pleure en m'appelant dans son sommeil. Je ne pouvais pas non plus imaginer une garde partagée comme on l'envisage pour un objet alors qu'il était si petit.

Kazuya était essentiel pour moi. Je comprenais la douleur d'Anna Karénine.

J'avais un emploi et une maison à moi. Je n'aurais pas de mal à vivre seule avec mon fils. Je devais d'abord divorcer d'Oda puis attendre le retour de Kitano. Jusque-là, je ne devrais pas avoir de relations sexuelles avec Kitano. C'était ce que je pensais à ce moment-là.

Il est minuit. Sumiko et moi sommes dans mon lit, allongés sur le dos. Nos corps ne se touchent pas. Je garde mes mains croisées sur la couette nous couvrant. Je n'ai pas sommeil. Elle poursuit l'histoire de sa relation avec Kitano.

À mesure que son récit progresse, je ne peux m'empêcher de superposer la vie de Kitano à la mienne. Tous les deux dans le monde de la littérature, tombés amoureux de cette femme, nous évoquant une fleur d'hortensia. Kitano n'est plus en vie, sans doute. Et, moi, j'attends patiemment le divorce de Sumiko. Qu'adviendra-t-il éventuellement de notre amour ?

Lorsqu'elle s'arrête un instant, j'ouvre la bouche pour la première fois :

— Vous vous rencontriez ainsi chaque semaine ?

— Oui. C'était toujours le mercredi, dans le même café, à la même heure. Étant donné la conjoncture délicate, nous ne formions pas de projets pour l'avenir.

— Combien d'années est-il resté en France ?
— Presque quatre ans.
— A-t-il obtenu un doctorat en littérature française là-bas ?
— Oui. Mais la mort du directeur de l'université N. a tout bouleversé. Kitano n'a finalement pas été embauché. Quelqu'un d'autre a été choisi par concours ouvert.
Cette histoire m'ébranle. Qui sait si cela ne m'arrivera pas également ? Sumiko reprend :
— Je ne connaissais pas le monde académique. Simplement, je croyais que Kitano n'aurait qu'à trouver ailleurs un emploi équivalent.
— Et il n'en a pas trouvé…
— Non, dit-elle. Il a dû travailler comme chargé de cours dans plusieurs institutions.
— Il avait quand même de la chance, dis-je. Nombre de docteurs ès lettres sont au chômage. S'il pouvait gagner assez de cette façon, il avait le temps de se consacrer à ses intérêts littéraires.
Sumiko me coupe aussitôt :
— Les chargés de cours sont mal payés, les heures de préparation ne sont pas comptées. Ces revenus ne lui suffisaient pas pour vivre à Tokyo.
— Il n'a pas essayé autre chose, comme la traduction par exemple ?
— Si. Il écrivait aussi des articles pour des revues. Pourtant, trop démoralisé, il est tombé malade et son état mental s'est détérioré
— Son état mental ?
— Oui, il souffrait de schizophrénie.

— De schizophrénie ? répété-je très étonné.

— En fait, il avait déjà des symptômes légers depuis son retour de France. Chaque fois que je le voyais à Yokohama, j'insistais pour qu'il consulte un médecin. Cela le dérangeait au début, mais il a enfin accepté et a vu un psychiatre.

— Habitait-il toujours à Tokyo ?

— Non, il avait emménagé chez ses parents à Yokohama. Sa sœur tenait une librairie et Kitano y travaillait à temps partiel.

— Vous continuiez de vous rencontrer comme avant…

— Oui, les mercredis après-midi, au même endroit à la même heure. Il m'attendait en écrivant son roman.

— *Les Larmes de l'hortensia* ?

— Oui. Il voulait participer à un des concours annuels de la revue *S.*

Je me rappelle aussitôt H., l'ami de Saya. J'interroge Sumiko :

— L'as-tu finalement lu ?

— Non. Kitano a disparu avec son manuscrit, qu'il gardait toujours dans son sac.

Sa voix frémit. Elle se tait quelques secondes. Malgré moi, je touche sa main posée sur la couette. Elle me relate sa dernière rencontre avec Kitano, le jour de sa disparition.

— Cela s'est produit un dimanche de janvier. J'étais ici avec Oda et notre fils. C'était une journée ensoleillée avec un léger vent. Vers trois heures de l'après-midi, la marée était à son maximum.

Alors que nous prenions l'air dans le jardin, Kitano est soudain apparu au portail.

— Qu'as-tu ressenti ?

— J'étais très perturbée devant Oda. Kitano nous a expliqué qu'il allait visiter l'île d'Enoshima et qu'il voulait nous saluer en chemin. Oda, qui ignorait nos rencontres à Yokohama, lui a proposé amicalement d'entrer dans la maison. Kitano a décliné et rapidement pris congé. Du portail, je le suivais des yeux. Il s'éloignait d'un pas incertain, avec son sac à dos. Je désirais fortement le rejoindre mais n'osais pas.

— Puis il a pris un canot… ? demandé-je.

— Oui, au lieu de traverser le pont Benten qui mène à l'île.

— Quand as-tu appris l'accident ?

— Le soir. Les garde-côtes avaient trouvé deux pagaies et un gilet de sauvetage flottant au large. Tout appartenait à une compagnie de location et le nom de Kitano était sur la liste des loueurs.

— Et le canot ?

— On l'a découvert plus tard, loin de l'île. Mais, pas Kitano…

Sumiko sanglote, la voix étouffée. Je me retourne et la prends dans mes bras. Le visage appuyé contre ma poitrine, elle pleure doucement. Je caresse ses cheveux. Elle reprend :

— Lorsque j'ai vu ta photo, j'ai été bouleversée. "C'est Kitano !" Cette nuit-là, trop excitée et heureuse, je n'ai pas pu dormir.

Elle se tait un instant et me regarde, les joues baignées de larmes.

— Crois-moi, Shôta, je t'aime. Tu es le seul homme pour qui j'aie ressenti un désir si passionné.

Je la serre fort sans rien dire.

II

J'entre dans la librairie U. Ce soir, je donne une séance de dédicaces.

Monsieur et madame U. me félicitent pour la parution de mon premier roman. Alors que nous bavardons, une pluie torrentielle s'abat sur la rue, suivie de bourrasques. Il tonne bruyamment. Un employé se précipite pour fermer la porte latérale.

— Quel orage ! s'écrie-t-il.

Je pense : "Qui viendra par un temps pareil ?"

Le couple me montre une grande affiche sur le mur : une femme dans la quarantaine, en kimono, regarde au loin d'un air déterminé. Les lèvres légèrement entrouvertes, elle est sur le point de dire quelque chose. *Madame Ajisaï.* L'amour entre une professeure de *koto* et son jeune apprenti.

Je l'ai enfin achevé tout en suivant mes cours de maîtrise. Ce roman est d'abord paru dans la revue *S.* en mars. Comme il a reçu un très bon accueil, la maison d'édition a décidé de le publier sous forme de livre. Ils ont choisi comme date de lancement le 20 juin, en pleine saison des hortensias.

Madame U. dépose mes exemplaires sur une table où je m'installe. J'observe les étagères sur lesquelles les livres sont bien rangés. Je n'ai travaillé ici que pendant un an et deux mois mais j'y ai appris beaucoup de choses. Elle me demande :

— Tu as déjà été en signature à Tokyo. Es-tu aussi allé à Ôtsu, ta ville natale ?

— Oui. C'était une bonne occasion de voir ma famille, mes amis et mes connaissances.

— Ta mère devait être fière de toi.

— En effet, dis-je. Maman était au comble du bonheur et répétait : "Shôta a enfin trouvé sa voie."

— Je comprends bien ses sentiments. Tu mérites tout ton succès.

Je la remercie. Je songe à mon père. Il est décédé lorsque j'étais en dernière année de licence, travaillant encore ici. Sa mort fut subite, d'une crise cardiaque. En réalité, il avait souffert d'un cancer grave, mais l'avait caché à sa famille, sauf à maman.

Madame U. ajoute :

— Ton père serait aussi fier, s'il était vivant.

Je hoche la tête avec un mélange d'émotions. Elle reprend :

— Nos clients ont hâte de te voir. Tu manques à ceux qui te consultaient sur la littérature classique japonaise.

— Cela me flatte, madame. C'est grâce à vous et votre mari qui maintenez une excellente relation avec tout le monde, clients et employés. Je n'oublierai jamais vos délicieux plats qui me gardaient en forme.

Elle sourit doucement et m'interroge :

— Tu vis toujours à Kamakura ?

— Oui, je loue un petit appartement avec une vue sublime. En fait, c'est à mon ancienne adresse.

— Tu dois vraiment aimer Kamakura.

— Oui, j'adore, réponds-je en songeant à Sumiko.

Monsieur U. me demande :

— Quand as-tu terminé ta maîtrise ?

— Il y a trois mois. Désormais, j'écris tout en enseignant dans diverses institutions, en tant que chargé de cours.

— Pourquoi as-tu renoncé à faire un doctorat ? Je croyais que tu obtiendrais facilement un poste de professeur dans ton université.

— Le monde académique ne m'intéressait plus, monsieur. Par ailleurs, les fonctionnaires n'ont pas le droit d'avoir d'autre emploi. Je préfère rester libre.

— Quel courage de ta part d'avoir abandonné une carrière prometteuse !

Je réfute un peu ironiquement :

— Les courageux, ce sont ceux qui continuent leurs études, obnubilés par un diplôme illusoire. Chacun a son objectif, pratique ou non.

— Probablement… termine-t-il.

Je pense à H., l'ami de Saya, qui a démissionné de la revue *S.* au bout d'un an. Selon mon éditeur, il avait du mal à collaborer avec ses collègues. À cause de son niveau d'études, H. se croyait supérieur à eux et n'écoutait pas leurs conseils. Il est finalement retourné à l'université tenter une deuxième fois d'obtenir un doctorat, comme Saya me l'avait mentionné.

Madame U. est curieuse de savoir comment la revue *S.* a si vite accepté mon roman. Je lui explique qu'une assistante éditoriale, venue de la même université que moi, a insisté pour qu'ils lisent *Madame Ajisaï.* Elle avait admiré tout ce que j'avais écrit dans le journal étudiant.

— Connaissais-tu cette assistante ?

— Non, pas de tout !

— C'est intéressant de voir comment les choses tournent dans la vie.

— En effet, madame.

Il fait noir. La pluie a presque cessé. Ma montre indique sept heures cinq. Bientôt, plusieurs clients entrent l'un après l'autre et se dirigent directement vers ma table.

Je quitte la librairie à neuf heures. Il fait frais. Je me rends à pied à la gare de Yokosuka pour retourner à Kamakura.

La rencontre avec les lecteurs s'est bien passée, dans une atmosphère très cordiale. Malgré le mauvais temps, j'ai reçu plus d'une centaine de personnes. J'ai revu des clients réguliers de l'époque où j'étais employé. À la fin, les propriétaires m'ont remercié à nouveau en m'offrant des présents : un stylo plume noir raffiné et des plats préparés par madame U.

À la gare de Kamakura, je monte dans un bus allant directement dans mon quartier. Néanmoins, après quelques arrêts, j'ai soudainement envie de marcher et descends. Le trottoir encore mouillé luit sous les réverbères.

Je réfléchis à un prochain roman. Ce sera un grand défi pour moi après le succès du premier. *Madame Ajisaï* était en fait quasi autobiographique, inspiré de mon journal intime, tenu dans l'exaltation de mon amour. Je l'ai transposé à la troisième personne du singulier pour donner l'illusion d'une fiction. Cela me semble ironique après avoir choisi comme titre de mon mémoire de licence : "La limite des romans autobiographiques".

Au bout de quelques minutes, je passe devant un bistrot en train de fermer. Je revois la scène où j'ai croisé Ben dans la cafétéria du campus, un après-midi d'orage. Nous étions en dernière année de licence. Cela fait exactement trois ans. Ben travaille toujours pour l'entreprise T. Lui et sa petite amie se sont mariés il y a un an.

J'ai revu Ben récemment, lors du *golden-week*. Il m'a invité à dîner au restaurant où il avait été employé autrefois. Il m'a raconté avec passion ses activités professionnelles. Il voyage beaucoup à l'étranger. C'est un véritable *shôsha-man*. Il m'a félicité pour mon roman. Nous avons parlé de Saya, qui vit maintenant à Kyoto, sa ville natale. Elle vient de se fiancer avec un ancien camarade de lycée. Elle n'a plus de contact avec son ami H.

À la fin, Ben a évoqué les Oda :

— Je garde de bons souvenirs de ce couple et de leur fils. Une famille très sympathique. J'espère que nous réussirons aussi bien.

Je lui ai révélé avec un peu d'hésitation :

— Ils sont divorcés depuis deux ans.

— Divorcés ?!

Il s'est tu, très surpris. Puis il m'a jeté un regard interrogatif :

— Ça n'avait rien à voir avec toi, je présume.

— Non, Ben ! Leur vie conjugale était déjà terminée avant mon arrivée.

Ben m'a dévisagé, intrigué. Il a balbutié :

— As-tu finalement eu une relation…

Gêné, il n'a pas fini sa phrase. J'ai répondu :

— Oui, j'ai eu une relation amoureuse avec elle.

J'ai évité de prononcer "madame Oda" ou "Sumiko".

— Où habite-t-elle maintenant ? a-t-il demandé.

— À Kamakura, avec son fils. Monsieur Oda s'est remarié avec une infirmière. Ils ont une fille.

Ben a murmuré :

— Kazuya a donc une demi-sœur…

Il est resté pensif quelques secondes. Puis :

— Tu fréquentes encore madame… ?

— Elle s'appelle madame Narita, c'est son nom de jeune fille. Non, je ne la vois plus depuis mon déménagement.

— Ah bon ?

Ben avait l'air encore perplexe, mais n'a pas insisté.

Il m'a parlé de son mariage heureux, de son souhait d'avoir au moins deux enfants. Il espérait que je trouve bientôt ma future femme et que nos deux familles aient de bonnes relations. Je me suis dit intérieurement : "Si tu ne m'avais pas recommandé à monsieur Oda comme house-sitter, j'aurais vraisemblablement eu beaucoup de difficultés financières, mais n'aurais pas souffert autant par amour."

Je monte lentement l'escalier menant à mon immeuble. En haut, je me retourne et observe au loin les lumières de l'île d'Enoshima, à un demi-kilomètre de la propriété de Sumiko. Une douleur me traverse le cœur.

Le couple Oda a divorcé lorsque j'étais en première année de maîtrise. C'était en juin. Sumiko et son fils s'étaient installés en mars dans la maison principale, à côté du pavillon. Depuis, monsieur Oda ne venait plus là-bas. À part ça, mon quotidien demeurait inchangé. Sumiko et moi continuions nos rendez-vous dans mon studio.

Elle ne me parlait plus de Kitano. Néanmoins, je me sentais de plus en plus tourmenté quand je pensais à cet homme souffrant de schizophrénie. Disparu ou non, il vit profondément dans la mémoire de Sumiko. Leur amour platonique a dû être plus intense que le nôtre. Je ne pouvais plus embrasser mon amante sans songer à Kitano.

Le lendemain, je me réveille tard dans la matinée. C'est lundi. Ce soir, je travaille dans un lycée privé à partir de six heures. Je suis libre jusque-là. En prenant mon café, je commence à écrire le premier chapitre d'un deuxième roman.

Demain, je visiterai les éditions N., qui publient également la revue *S.* Cela n'a rien à voir avec *Madame Ajisaï.* On me propose de contribuer à la rubrique "L'histoire qui m'a captivé" dans cette revue. C'est une section où diverses personnalités de différentes générations présentent librement un ouvrage, de quelque genre ou époque que ce soit. Ce n'est ni une analyse ni une critique mais plutôt un partage. Cette idée me tente et je vais accepter leur offre.

Il est déjà midi passé. Je sors les plats de madame U. : maquereau mijoté dans le miso, daïkon à la sauce soya, salade de pommes de terre aux œufs. Je place une portion de chaque sur de petites assiettes avec un bol de riz réchauffé.

J'apporte tout sur un plateau et m'installe à la petite table sur le balcon.

Le soleil apparaît entre les nuages gris clair. Il fait chaud et humide mais l'air est propre, purifié et rafraîchi par l'orage de la veille. Je déguste mon délicieux déjeuner en contemplant le paysage magnifique. Je me dis : "Ce n'est pas si mal de vivre seul."

À la différence de Ben et Saya, je ne ressens pas le besoin de fonder une famille, du moins dans un avenir proche. J'avais le même sentiment lorsque j'étais follement amoureux de Sumiko. Ce n'était pas dû à notre écart d'âge ni à la crainte de réactions négatives d'autrui. Elle pensait pareil, probablement. Si jamais Kitano réapparaissait, elle se marierait avec lui, quel que soit son état de santé.

Les yeux fixés vers le ciel, je rumine les paroles de Sumiko : "Je t'attends, Shôta. Viens me voir quand tu me désires. N'oublie pas que nous sommes en symbiose." Je murmure : "Je te veux..."

Mon repas terminé, je quitte le balcon et fais la vaisselle en écoutant la radio. La météo annonce pour cet après-midi une température maximale de 25 °C. L'horloge sur le mur indique une heure dix. Le lycée où je travaille ce soir se trouve à quatre kilomètres d'ici. Je m'y rendrai à vélo. Jusque-là, je passerai mon temps à lire.

Au bout de quelques instants se fait entendre *Träumerei* de Robert Schumann au piano. Malgré moi, je ferme le robinet et écoute sans bouger. J'imagine l'amour du compositeur pour sa femme Clara, ainsi que la relation entre cette belle musicienne et Brahms, de quatorze ans son cadet. Après la mort de son mari dans un asile, Clara ne s'est pas remariée et Brahms est resté célibataire. On dit que les deux sont demeurés amis et qu'il l'a aidée au besoin pour élever ses enfants. Qui sait la vérité ?

La musique cesse. Je réfléchis quelques instants. Puis je saisis mon portable et compose le numéro de Sumiko. Mais au dernier chiffre, je m'abstiens.

Je descends au rez-de-chaussée chercher le journal dans ma boîte à lettres. En remontant l'escalier, je jette un coup d'œil rapide aux gros titres. Mon regard est arrêté par "Le suicide d'un docteur en lettres".

Revenu dans mon appartement, je lis l'article. On raconte qu'il était au chômage, coincé dans les dettes de son prêt étudiant. Il envisageait de déclarer une faillite personnelle, mais a renoncé pour ne pas ennuyer ses garants, en l'occurrence des membres de sa famille. "Navrant…", murmuré-je. Je songe à H. Que devient-il ? Je me remémore mes propres angoisses, lorsque j'ai appris la faillite de mon père.

J'ouvre la section culture. On présente un jeune chef d'orchestre japonais qui vient de gagner un prix important aux États-Unis. En dessous de cet article, je remarque un titre qui suscite ma curiosité : "Le roman français d'un écrivain japonais". L'auteur est titulaire d'un doctorat en littérature, obtenu en France. Un instant après, je me fige.

Le livre s'intitule *Les Larmes de l'hortensia*, signé par un certain Kitano.

Mon portable sonne. Il affiche : Sumiko Narita.

GLOSSAIRE

Ajisaï : hortensia.

Arubaïto : job, travail temporaire, surtout pour étudiants. Déformation de l'allemand *Arbeit*.

Cup-noodle : bol de nouilles instantanées.

Freeter (free-arbeiter) : célibataires entre quinze et trente-quatre ans qui travaillent à temps partiel et qui ne sont plus étudiants.

Gôkon : rencontre en groupe entre des femmes et des hommes célibataires dans l'espoir de former des couples.

Golden-week : série de jours fériés entre fin avril et début mai.

Gyôza : petite pâte farcie de légumes, de poulet haché, etc.

Hiyashi-chûka : plat japonais de nouilles froides recouvertes de différentes garnitures fraîches.

Inari-zushi : sorte de sushi composé de riz vinaigré et d'*abura-age* (tranche de tofu frit).

Jûbako : boîte laquée à plusieurs étages pour servir des plats.

Juku : institution privée qui offre des cours supplémentaires.

Kanbun : écriture chinoise des Hans.

Kanji : idéogrammes chinois.

Koto : cithare japonaise à treize cordes.

Kun : suffixe honorifique utilisé quand on appelle un garçon, un camarade, un subordonné.

Kyôiku-mama : mère obsédée par l'éducation de ses enfants, en particulier par leurs résultats scolaires.

Maki-zushi : sorte de sushi enroulé de *nori* (feuille d'algue séchée).

Ofuro (furo) : baignoire japonaise profonde. On se lave à l'extérieur avant de se plonger dans l'eau chaude.

Onigiri : boule de riz, généralement enveloppée de *nori*.

On'yomi : phonétique chinoise.

Osechi-ryôri : plats traditionnels du Nouvel An japonais, servis dans le *jûbako*.

Oshibori : petite serviette légèrement humide pour s'essuyer les mains avant de manger.

Sensei : terme de politesse utilisé pour une personne qu'on respecte comme un maître, un savant.

Shikikin : dépôt de garantie, équivalent à un à trois mois de loyer.

Shinkansen : TGV japonais.

Shôsha-man : employé dans une firme commerciale.

Tandaï (tanki-daïgaku) : institut universitaire offrant des programmes de deux ans.

Tanka : poème japonais de trente et une syllabes.

DU MÊME AUTEUR

Le Poids des secrets

TSUBAKI (prix Hervé Foulon-Un livre à relire 2021), Actes Sud, 1999 ; Babel n° 712.

HAMAGURI (prix Ringuet de l'Académie des lettres du Québec), Actes Sud, 2000 ; Babel n° 783.

TSUBAME, Actes Sud, 2001 ; Babel n° 848.

WASURENAGUSA (prix Canada-Japon), Actes Sud, 2003 ; Babel n° 925.

HOTARU (prix littéraire du Gouverneur général du Canada), Actes Sud, 2004 ; Babel n° 971.

Au cœur du Yamato

MITSUBA (prix de l'Algue d'or), Actes Sud, 2007 ; Babel n° 1123.

ZAKURO, Actes Sud, 2009 ; Babel n° 1143.

TONBO, Actes Sud, 2011 ; Babel n° 1286.

TSUKUSHI, Actes Sud, 2012 ; Babel n° 1380.

YAMABUKI (prix Asie de l'ADELF), Actes Sud, 2014 ; Babel n° 1470.

L'Ombre du chardon

AZAMI, Actes Sud, 2015 ; Babel n° 1551.

HÔZUKI, Actes Sud, 2016 ; Babel n° 1623.

SUISEN, Actes Sud, 2017 ; Babel n° 1700.

FUKI-NO-TÔ, Actes Sud, 2018 ; Babel n° 1767.

MAÏMAÏ, Actes Sud, 2019 ; Babel n° 1822.

Une clochette sans battant

SUZURAN (prix Canada-Japon), Actes Sud, 2020 ; Actes Sud audio (lu par Élodie Huber), 2022 ; Babel n° 1880.

SÉMI, Actes Sud, 2021 ; Actes Sud audio (lu par Bernard Gabay), 2022 ; Babel n° 1940.

NO-NO-YURI, Actes Sud, 2022 ; Actes Sud audio (lu par Marie-Sophie Ferdane), 2022 ; Babel n° 2005.

NIRÉ, Actes Sud, 2023 ; Actes Sud audio (lu par Mathurin Voltz), 2023.
URUSHI, Actes Sud, 2024 ; Actes Sud audio (lu par Alysson Paradis), 2024.

OUVRAGE RÉALISÉ
PAR L'ATELIER GRAPHIQUE ACTES SUD
REPRODUIT ET ACHEVÉ D'IMPRIMER
EN JUIN 2025
PAR NORMANDIE ROTO IMPRESSION S.A.S.
À LONRAI
POUR LE COMPTE DES ÉDITIONS
ACTES SUD
LE MÉJAN
PLACE NINA-BERBEROVA
13200 ARLES

DÉPÔT LÉGAL
1re ÉDITION : MAI 2025
N° impr. : 2503038
(Imprimé en France)